En palacio de
María Antonieta

UNA FASHIONISTA VIAJERA EN EL TIEMPO

En el palacio de María Antonieta

UNA FASHIONISTA VIAJERA EN EL TIEMPO

BIANCA TURETSKY

TRADUCCIÓN DE MARÍA ENGUIX TERCERO

Roca editorial

Título original: *The Time-Traveling Fashionista at the Palace of Marie Antoinette*

Del texto © 2012 Bianca Turetsky
Del las ilustraciones © 2012 Sandra Suy

Esta edición con el acuerdo de Little, Brown and Company,
Nueva York, EE. UU. Todos los derechos reservados.

Primera edición: septiembre de 2013

© de la traducción: María Enguix Tercero
© de esta edición: Roca Editorial de Libros, S. L.
Marquès de la Argentera, 17, Pral.
08003 Barcelona
info@rocaeditorial.com
www.rocaeditorial.com

ISBN: 978-84-9918-652-8
Depósito legal: B. 16.802-2013
Código IBIC: YFB

Impreso por Liberduplex

Para Cindy Eagan.
Te quiero, cariño.

«Creo que se empieza a jugar
a los disfraces a los cinco años
y no se termina nunca realmente.»

KATE SPADE,
diseñadora estadounidense
de ropa y bolsos

CAPÍTULO 1

Louise está sola en el bosque y está oscuro. Sabe que nunca ha visitado estos parajes antes; es territorio nuevo para ella. Los cascos de unos caballos retumban de fondo y Louise se detiene y fuerza los ojos para ajustarlos a la tenue luz. Entre las sombras, diez mujeres con anticuadas capas de terciopelo se acercan a ella y forman un círculo a su alrededor. Louise permanece quieta, alerta, sin querer mostrar lo aterrorizada que se siente en verdad. Tiembla por dentro, pero algo le dice que es ella quien maneja la situación, que estas mujeres están ahí a su servicio. Una de las figuras encapotadas se acerca a Louise, le quita la capa de terciopelo rojo que le cubre los hombros y la deja caer al suelo. Louise oye el débil fragor de un trueno en la distancia. Se avecina una tormenta.

Las mujeres la conducen a una estructura de madera improvisada y decorada por dentro como una lujosa salita guarnecida de brocados azul real, y Louise se siente ahora como la protagonista de un ritual muy antiguo. Detrás de ella, un dogo blanco enano presencia de cerca la escena, intentando ocultarse tras los pliegues de la larga falda con miriñaque que lleva Louise. De improviso se desata un tira y afloja frenético, las mujeres le arrancan la ropa y hacen trizas su precioso vestido de color marfil sin que ella pueda hacer nada para evitarlo. «¡Basta!», grita Louise en su cabeza mientras una de las mujeres le quita las cintas de raso amarillo del pelo. Otra mujer coge en brazos al perro gruñón y sale corriendo de la sala antes de que Louise pueda darle alcance. La despojan por completo de sus ropas y lo tiran todo descuidadamente por el suelo, incluido el delicado brazalete de oro y rubíes que porta en la fina muñeca. «¡Dejadme en paz! ¡Que alguien me ayude!» Louise contiene lágrimas de ira mientras las palabras que intenta pronunciar se atascan horrorizadas en su garganta.

Entonces la más anciana, que parece la líder, hace señas a las demás para que paren, al tiempo que, con una reverencia, entrega un nuevo traje a Louise, un precioso vestido antiguo de fina seda azul pastel cuyo terso tacto aterciopelado es el más suave que la chica ha sentido nunca. Otra dama le recoge cuidadosamente el cabello con una larga cinta de seda blanca, mientras una tercera le abrocha en el cuello un diamante y un zafiro que penden de una cadena de plata refulgente. No obstante, pese a sus nuevos y lujosos adornos, Louise sigue asustada, porque se halla en paradero desconocido, sola y en pleno bosque, lejos de su mundo. Sabe que todo lo que sucede obedece a un plan y que su vida está a punto de cambiar para siempre. Ya no es la misma chica de antes.

*　　*　　*

Louise Lambert se incorporó de repente en la cama. Estaba a salvo.

La lúgubre melodía de una pieza clásica inundaba su dormitorio. «¿Ya ha amanecido?» Se frotó los ojos soñolientos y legañosos con el dorso de la mano y bostezó. A veces su actividad onírica era tan intensa que tenía la impresión de no haber pegado ojo en toda la noche. Echó un vistazo a la hora en la radio, las 7:17 de la mañana, hora de empezar otro día de clase.

A Louise le gustaba despertarse con una sinfonía; de este modo podía regodearse en su sueño un poco más, sin tener que aterrizar de golpe en la realidad presente. Así podía demorarse donde ella quisiera. Recordó las aventuras oníricas de la noche y de inmediato tuvo la sensación de que volvía a aquella sala de terciopelo azul y se aferraba al vestido color marfil que las mujeres le habían arrancado; representaban su antigua vida, tan lejos de su hogar. «Pero ¿qué hogar exactamente? ¿Qué antigua vida?» Las mujeres del bosque eran repulsivas, querían convertirla en alguien que no era. Y aunque así fuera, después de todo tampoco era una pesadilla propiamente dicha, porque la ataviaban con un vestido más elegante incluso, y con joyas. Casi podía percibir todavía el cosquilleo de sus manos enguantadas en seda cepillándole suavemente el pelo hacia atrás. Pero la dominaba sobre todo una sensación extraña. «¿De dónde salía esa escena?», se preguntó mientras se arrellanaba en los almohadones de plumas. Sacó su diario encuadernado en cuero rojo cereza y sus lápices de colores del cajón superior de su mesita de noche y se dispuso a pintar un esbozo del vestido azul pastel, con su miriñaque y su corpiño entallado, antes de que se esfumase por completo de su memoria. Quizás encontrase algo parecido en su diccionario *vintage* ilustrado, también conocido como su biblia de la moda. Comenzó a hojear el manoseado volumen de *Comprar vintage: La guía definitiva de la moda*, recorriendo los diseños polícromos de Missoni y los extravagantes Elsa Schiaparelli...

—¡Louise! ¡A desayunar!

La aguda voz británica de su madre quebró la tranquilidad de la casa. De un salto, Louise bajó de su cómoda y calentita cama con dosel, se quitó el pijama de algodón a rayas blancas y rojas y se enfundó un vestido de punto gris perla de la firma de moda Mavi (deseando que fuese un Diane Von Furstenberg original de los años setenta, la reina del vestido de corte cruzado de punto), una rebeca de encaje negro de Zac Posen for Target que había dejado preparada la noche anterior y, como siempre, sus Converse rosa fluorescentes.

Como hacía a diario, arrancó la página del almanaque con su horóscopo, Virgo, deseosa de encontrar alguna clave para ese día. No era que Louise creyese técnicamente en las previsiones astrológicas, pero tampoco había creído en los viajes en el tiempo, algo que juraría haber experimentado «de verdad» unas semanas atrás, así que en adelante ya no tenía la certeza de qué era real y qué no. «Se pondrán a prueba tus valores, insiste en lo que realmente te hace feliz. El resto es solo la guinda del pas-

tel.» Mmm, vale. Sus valores se ponían bastante a prueba todos los días en su instituto, el Fairview Junior High, así que eso era bastante preciso. Lo que realmente la haría feliz sería quedarse en casa sin ir a clase y rastrear en eBay y Etsy, en busca del casquete perfecto o un accesorio *vintage* por el estilo. Aunque lo del pastel sonaba bastante bien; sobre todo comparado con el cuenco insípido de avena tibia que la esperaba en la cocina.

—¡A desayunar! —retumbó la voz en la enorme y ventilada casa. Al parecer, su madre pensaba que el universo se detendría en seco si no se tomaba su cuenco matutino de cereales Cream of Wheat.

—¡Ya voy! —respondió Louise a voz en grito mientras cogía su antigua cámara Polaroid de la cómoda de roble claro.

La voluminosa cámara era una reliquia de su padre de los años ochenta, que había descubierto en un curioso baúl-armario del sótano. Louise había tenido que comprar el costoso carrete expresamente por Internet, porque la empresa ni siquiera los fabricaba ya, pero a ella le merecía la pena. Le gustaba la apagada y sutil calidad de las fotos instantáneas que la cámara escupía ruidosamente: era como si se hubiesen captado hacía décadas. Y para Louise eso era algo bueno. Por decirlo en dos palabras, la chica estaba obsesionada con todo lo que fuera *vintage*. Había heredado de su madre la pasión por el cine clásico, pero a diferencia de ella, también estaba fascinada por la moda de épocas pasadas. Ampliaba a marchas forzadas su amplio guardarropa, una creciente colección de hallazgos de las tiendas de segunda mano con fines benéficos de la ciudad.

Louise se enfocó con la cámara y sonrió, pero era una sonrisa vacilante, la hermética mueca de una chica con un aparato dental de hierro que le cubría todos los dientes, y sacó una foto. Era el ritual diario que había empezado varios meses antes, con motivo de su duodécimo cumpleaños: un diario visual que un día planeaba reunir en un libro. En la fotografía gris aún sin revelar del todo Louise apuntó con un bolígrafo negro: «5 de junio». Luego la guardó en el cajón de los calcetines justo cuando la imagen empezaba a verse nítida.

El baúl de la ropa vintage

SOLO EL PRÓXIMO SÁBADO

Liquidación de prendas de ensueño, Magníficos accesorios y asesoramiento de imagen gratuito

37 SPRING STREET

De mediodía a media tarde

ESTA INVITACIÓN ES ESTRICTAMENTE PERSONAL E INTRANSFERIBLE

Louise echó un vistazo a la invitación azul verdosa de la tienda de ropa *vintage*, parcialmente oculta debajo de sus medias de lana en punto elástico azul marino, y volvió a leer la ya conocida información con cierta emoción nerviosa y cosquilleante.

Louise sabía por sus fotografías diarias que su físico no había variado mucho desde su visita a la primera tienda de ropa *vintage*: el mismo pecho plano, el mismo pelo castaño encrespado recogido hacia atrás, el mismo molesto aparato dental... Pero también notaba que algo había cambiado en su interior.

La primera invitación, impresa en una gruesa tarjeta violeta, había llegado misteriosamente sin dirección ni sello una tarde de abril como cualquier otra. Louise acudió al desconocido local de Chapel Street sin saber a qué atenerse, pues ninguna de sus amigas había recibido una invitación similar por correo. Nada más entrar en la curiosa tienda, le maravilló la infinita selección de prendas, zapatos y accesorios de todas las épocas y diseñadores *vintage* que idolatraba. Regentaban la abarrotada tienda dos vendedoras muy excéntricas, Marla y Glenda, que le dejaron probarse a regañadientes un reluciente vestido de noche rosa de lo más increíble, que resultó quedarle a la perfección. Quizá demasiado perfecto, incluso, porque antes de darse cuenta Louise se despertó viviendo realmente la vida de la señorita Alice Baxter, la antigua propietaria del vestido —¡que también resultó ser la tía abuela de Louise!—, a bordo de un barco cien años atrás. Ah, y otro pequeño detalle: el barco resultó ser... el *Titanic*. Lo que había empezado siendo una búsqueda del vestido perfecto para la fiesta del Fairview Junior

High acabó convirtiéndose en una aventura mucho más alucinante y alocada.

Era como si su vida hubiese decidido despertar finalmente y empezar de cero. Por alguna razón que aún no había entendido del todo, Louise había sido la destinataria elegida de aquellas invitaciones. Quizá la suya fuera una clase de vida en la que sí que pasaban cosas intrépidas. Como si los doce años enteros de espera no hubiesen sido en balde. Según la carta manuscrita que Marla y Glenda le enviaron al final de su aventura, ahora ella era una chica *fashion*. La segunda invitación estaba guardada junto a esa nota en su mesita de noche.

—¡Último aviso, Louise Lambert!

Louise podía perderse en estos recuerdos y ensoñaciones durante horas, pero en ese preciso momento no podía llegar tarde al autobús. Cogió su desteñida mochila violeta y descendió corriendo las sinuosas escaleras que crujían bajo sus pies para tragarse a la fuerza otro desayuno tormentosamente equilibrado.

CAPÍTULO 2

—Los trece años son una movida. O sea, ¡seré oficialmente una adolescente! —anunció Brooke Patterson mientras repasaba sus labios rojos ya perfectos con un *gloss* con aroma a fresa en el espejo del vestuario—. Los doce siempre han sido un poco infantiloides, sin ánimo de ofender, Louise.

—Tranqui. De todos modos, me siento un poco infantil aún. No estoy preparada para pasar de la casa de Barbie todavía —bromeó en parte Louise—. Claro que seguro que no te apetece salir por ahí este verano conmigo: tú con tus trece años y yo todavía con mis cándidos doce —continuó, ensortijando un mechón de cabello que se le había soltado de la coleta marrón oscuro.

Louise miró ansiosa a su amiga, que vestía una camiseta gris perla de cuello redondo escotado con el pequeño logo del arce Abercrombie bordado en el bolsillo, una minifalda vaquera oscura, *leggings* negros y unas botas marca Ugg color camel (aunque en la calle estaban casi a veintiún grados). El atestado pasillo era una cacofonía ruidosa de taquillas batientes, profesores chillones y zapatillas con suelas de caucho chirriantes que resbalaban por el suelo de linóleo de color verde pistacho.

No quería que su mejor amiga creciera sin ella y, no obstante, todos los años sin falta desde que eran pequeñas, cuando sus padres (que también eran sus mejores amigos) las llevaban a los cursos de Gymboree en la organización para niños y jóvenes YMCA, Brooke siempre hacía lo mismo. Al menos durante los tres meses que Louise tardaba en cumplir su misma edad. Louise sí que seguía jugando con sus viejas Barbies a veces, a las que escondía en el fondo de su vestidor dentro de un baúl-armario deteriorado de un negro indefinido que había pertenecido a su madre. Pero ahora jugaba con ellas con mayor madurez: resolvían misterios, se daban besos y cosas así.

—En realidad solo es un número —suspiró Brooke sin resultar nada creíble.

—Claro —convino Louise—. Además, el trece da mala suerte. Los ascensores ni siquiera se detienen en ese piso. Si tu vida fuese un edificio, seguirías atascada en el doce, como yo. O ya en el catorce.

—¿Un ascensor? ¿De qué estás hablando, Lou? —preguntó Brooke mientras fruncía los labios en el espejo tras aplicarse la última capa de *gloss*—. ¿Estás celosa?

—Sí —admitió Louise. Ambas rieron.

—Bueno, pero mi fiesta tiene que ser monumental. Histórica. Tiene que entrar en los anales del Fairview Junior High como la fiesta del decimotercer cumpleaños más alucinante de la historia.

—¡Hagamos una fiesta temática! —exclamó Louise de repente. Luego se miró las Converse rosa preguntándose si no era una sugerencia un poco infantil, algo únicamente propio de una chica de doce años.

—¡Me encanta la idea! —exclamó Brooke.

—Podría ser una fiesta de gala —sonrió Louise—. Puedes escribir en las invitaciones que las chicas deben llevar vestidos y a los chicos no se les dejará pasar sin traje y corbata. O como mínimo sin corbata.

—¡Perfecto! Como un baile del colegio, pero sin serlo.

—¡Exacto! —A Louise le encantaba que se le ocurriesen ideas como esta.

—A lo mejor puedes encontrar algo que ponerte en la tienda de ropa *vintage*, ¿no? —preguntó Brooke dudosa.

—A lo mejor…

Desde la aventura de Louise como la señorita Baxter a bordo del *Titanic*, su mejor amiga, que jamás compraba nada fuera de un centro comercial o unos grandes almacenes, había cobrado un repentino interés por su colección *vintage*. Louise estaba casi segura de que era porque su amiga pensaba que había perdido la chaveta y quería garantizar su cordura. Brooke —lo que no resultaba nada extraño— no terminaba de creerse la extraordinaria historia de que Louise había pasado unos días fantásticos a bordo del barco tristemente conocido, viviendo la vida de su tía abuela Alice, una actriz millonaria y guapísima. Brooke había ido con ella a la tienda *vintage* y, a su entender, su amiga solo había sufrido un desmayo provocado por una subida de fiebre. Ni siquiera cuando esta le enseñó el periódico con la antigua fotografía granulada que había encontrado en Internet —tomada en la cubierta A de la White Star Line, en el *Titanic*, con fecha del 12 de abril de 1912—, Brooke la tomó en serio. Louise debía admitir que la diminuta imagen estaba pixelada y borrosa, pero en lo más hondo de su ser sabía que la que estaba junto a Jacob y Madeleine Astor era ella indudablemente, aun cuando no existiese una explicación racional para ello. Al menos a ella le quedaba esa prueba. Sabía que no estaba loca. «¿Vale?»

Tras la reacción escéptica de Brooke, Louise no enseñó la foto a nadie más, ni siquiera a sus padres. Lo más probable era que no la creyeran y, si lo hacían, no quería pasarse el resto del curso en cualquier laboratorio perdido conectada a electrodos, como el conejillo de indias de un experimento científico sobre viajes en el tiempo. Instintivamente supo que su experiencia con las dos brujas estilistas que había conocido en la mágica tienda de ropa *vintage* era algo especial que debía guardar en secreto. Sobre todo si quería volver a la tienda; y quería, teniendo en cuenta que Marla y Glenda poseían la colección de prendas de diseño *vintage* más increíble que Louise había visto en su vida. Cómo no, también estaba totalmente entusiasmada ante la expectativa de poder viajar una vez más en el tiempo.

—Ya veremos cuándo y si me llega otra invitación —replicó finalmente Louise, cruzando los dedos en la espalda puesto que no era del todo cierto. Ya había encontrado la siguiente invitación en su mesita la noche en que despertó de sus supuestas alucinaciones provocadas por un grave envenenamiento de la salsa de cangrejo que Marla le había dado a probar en la tienda de ropa. O así fue cómo sus padres se explicaron racionalmente todo lo sucedido. Le causaba cierto nerviosismo volver a la tienda, pero la posibilidad de experimentar algo nuevo en su existencia mundana, o de encontrar una falda escocesa original de Vivienne Westwood, un vestido de estilo flamenco de Balenciaga u otra prenda igual de fabulosa y poco común era superior a sus fuerzas.

Louise comprendió que era la primera vez que ocultaba algo deliberadamente a Brooke, y eso la hacía sentirse incómoda y un poco especial al mismo tiempo. Era la primera cosa que era solo suya. Y quería que siguiese siendo así, al menos durante un tiempo más. Francamente, a Brooke no le interesaba tanto la moda *vintage*. Además, por una vez en su vida, la elegida era ella.

—Vale, guay —contestó Brooke, pasando los dedos de cuidadas uñas rosa por sus ondulados rizos dorados. Sí, tenía rizos dorados.

Normalmente era Brooke *la Elegida*. Era una estudiante sobresaliente, participaba en prácticamente todas las actividades extraescolares del colegio —salvo en algunas como la liga de matemáticas y el club de ajedrez—, y era guapísima pero de una manera que le resultaba imposible no caer bien a ningún chico, chica, profesor, padre o cualquier otra persona. Con su larga y ondulada melena rubia de reflejos dorados por el sol (milagrosamente resplandeciente incluso en lo más crudo del invierno de Connecticut) y sus claros ojos azules, Brooke nunca había sufrido lo que la madre de Louise denominaba «una fase difícil». Lo que en el caso de Louise era obviamente un eufemismo para «unos años horrorosos».

Louise, por su parte, se sentía atrapada en esos años de manera indefinida. Poco importaba cuántos acondicionadores y sérums antiencrespamiento usase para el pelo, no compensaban el cloro que castigaba sus rizos caoba durante las dos horas diarias de natación con el entrenador Murphy. Intuía en cierto modo que esos agotadores ejercicios gimnásticos también tenían algo que ver con el hecho de que la talla 80 de su sostén todavía le quedase un poco holgada y de que aún no le hubiese venido la regla, lo cual anhelaba desesperadamente por la sola razón de demostrar que era una chica normal de casi trece años. Pero, por encima de todo, aún le quedaban tres meses, dos semanas y seis días para que le quitaran el aparato dental. No era que llevase la cuenta de los días ni nada de eso, no...

—Uy, voy a llegar tarde a gimnasia. —Sonó el timbre del colegio y Brooke cerró su taquilla de un portazo. Louise sonrió; era normal que su mejor amiga dedicase quince minutos a arreglarse el pelo y ponerse *gloss* de labios antes de salir corriendo a jugar al balón prisionero—. ¡Te veo en el bus!

—No me lo recuerdes —rezongó Louise.

El trayecto en autobús se había convertido en el suplicio de su existencia desde que Billy Robertson se había aficionado a incordiarla en el trayecto escolar de ida y vuelta, mofándose sobre todo de la prenda *vintage* que vistiera en concreto ese día. Pensaba que su peculiar estilo era «anticuado» y «andrajoso». Según la experta opinión de Brooke, era su forma de ligar; en la limitada experiencia de Louise resultaba sencillamente vergonzoso.

Ese día en particular no se encontraba muy bien. Mientras comía una barrita de Twix durante el almuerzo —más deliciosa si cabe desde que su dentista le había prohibido el chocolate y el caramelo—, Louise notó que se le soltaba el hierro metálico del aparato superior izquierdo. Su boca tenía actualmente las proporciones de una ardilla listada, hinchada y a reventar de cera dental, hasta que pudiese acudir a su cita urgente con el dentista después del curso académico.

Así que daba por hecho que se toparía con Todd Berkowitz en ese momento. Había ocurrido algo singular desde que había vuelto de ser la señorita Baxter. Digamos que… en fin, Todd le importaba en cierto modo. El chico no había pasado de ser exactamente una rana con greñas a un príncipe de pantalones anchos subido a un monopatín, pero la conciencia de Louise había cambiado. Odiaba admitirlo, incluso para sí, pero ahora le importaba estar guapa si coincidía con él. Louise se había pasado literalmente la mitad de la enseñanza media huyendo del chico. Le había costado un viaje a 1912 y conocer a un millonetis adulador llamado Benjamin Guggenheim para darse cuenta de que Todd bien podía no ser el hombre de sus sueños, pero tampoco estaba mal.

Recordó el baile lento de ambos en la fiesta del colegio, poco después de volver de su aventura en el *Titanic*. No habían bailado realmente: apenas se balancearon al son de la música, arrastrando un poco los pies. Pero no fue hasta más tarde cuando Louise comprendió que había aguantado la respiración durante los tres minutos enteros que había durado la balada, y había tenido que restregarse discretamente las manos en la holgada falda de su vestido rosa *vintage* de la diseñadora Lucile (¡el mismo que había llevado en el barco!), cuando Todd y ella se separaron con torpeza porque ella sudaba copiosamente, en el preciso momento en que el DJ cambiaba repentinamente de música y ponía a Beyoncé. ¡Todd Berkowitz se había convertido en alguien capaz de ponerla nerviosa! Era algo exasperante e inesperado. Al principio había sido reticente a ponerse de nuevo el vestido de Lucile, por temor a abrir los ojos y encontrarse otra vez a bordo del *Titanic*, pero en realidad todo fue bien. En cierto modo, el vestido ya debía de haber cumplido su cometido.

Aunque técnicamente habían ido juntos al baile puesto que Todd se lo había pedido a principios de esa semana, Louise pasó casi toda la noche en compañía de Brooke y otras chicas de su curso que habían ido solas o también habían abandonado a sus citas por la ponchera, lo que resultaba más divertido. Aunque habían acudido al baile supuestamente como pareja, este hecho no privó a Todd de pedirle un baile lento a Tiff Freedman mientras Louise iba a por otro vaso de ponche de frutas dulce. Louise presuponía que ir al baile con alguien significaba no bailar agarrado con otras chicas. Al parecer estaba equivocada.

Desde aquella noche ella y Todd se veían un poco más en el colegio, pero no era como en las películas antiguas que le gustaban a Louise, cuando un chico te daba su chaqueta con la letra del instituto o su anillo de graduación, y entonces tú y todo el mundo sabíais que las cosas habían cambiado. Habían cambiado un poco, por decirlo así.

Las risotadas de Todd en el pasillo la devolvieron a la realidad. Louise y sus carnosos mofletes se escondieron detrás de la endeble puerta de su taquilla beis metálica mientras él pasaba con los ojos parcialmente tapados por su flequillo lacio color caoba, su sudadera con capucha gris y sus zapatillas New Balance, riendo y bromeando con Tiff Freedman. Llevaba su gastado monopatín en una mano y algunos libros de texto en la otra. «¿Los libros de Tiff?»

Tiff Freedman era una estudiante que había solicitado su traslado desde California y llevaba blusas ordinarias y vaqueros de campana con sandalias de la firma Birkenstocks todos los días; incluso en invierno, pero con calcetines de lana. Probablemente le gustaba ir de acampada y las bandas de música *jam*, y su rubia melena de reflejos color miel, larga, lisa y sin rizos —al contrario que las puntas abiertas y encrespadas de Louise—, nunca había conocido el extremo caliente de una plancha para alisar el pelo. No cabía duda, poseía una belleza natural: como una Joni Mitchell moderna, una de las cantantes folk favoritas de su madre de los años setenta. En su mente, Tiff era todo lo que Louise no era, y en ese momento eso le provocaba bastante infelicidad.

Louise cogió su libro de matemáticas forrado en papel y prácticamente cubierto de bocetos de moda coloreados con lápices, y lo metió a toda prisa en su desgastada mochila violeta antes de apresurarse a su última clase en la dirección opuesta.

CAPÍTULO 3

Cuando su padre volvió a casa a la hora de cenar, Louise supo que algo no iba bien. La ansiedad era algo habitual en su madre, pero Louise notó que aquella noche la señora Lambert estaba especialmente nerviosa, pues iba de un lado a otro de la espaciosa cocina haciendo ruido mientras intentaba servir su mejunje recocido e insulso en la mesa. Parecía muy agobiada por lo temprano que había vuelto el señor Lambert a casa. La casa estilo Tudor de los Lambert era muy espaciosa y chirriante, demasiado grande para una familia de tres. Pero era el lugar perfecto para jugar al escondite, ya que las muchas habitaciones y la escalera trasera que en algún momento debió de usarse para las dependencias del servicio brindaban excelentes escondrijos. Al crecer, casi todas las reuniones de amiguitos en casa de Louise terminaban en alguna versión del escondite.

—Pon la mesa, cariño, tu padre ya está en casa —ordenó la señora Lambert, afirmando lo obvio.

Louise sacó tres platos blancos de la vajilla de porcelana

Wedgewood y los colocó cuidadosamente en una esquina de la larga mesa de caoba del comedor. Su padre siempre trabajaba hasta tarde en su bufete de abogados de Nueva York. Cuando llegaba pronto a casa, llamaba desde la estación Grand Central antes de tomar el tren periférico de Metro North, ellas lo esperaban y salían a cenar comida china, la preferida de él y de Louise. Era tan entusiasta de la cocina de su madre como lo era su hija, o sea, nada. La señora Lambert, que se había educado en Inglaterra con sirvientes, niñeras y un cocinero particular —y por lo tanto nunca había tenido que aprender a encender el gas de la cocina—, era tristemente famosa por convertir hasta la receta más básica en un comistrajo irreconocible e incomestible.

—Hola, palomita —saludó el señor Lambert a su hija, plantándole distraídamente un beso en la cabeza crespa y húmeda—. Bajo dentro de un minuto.

Louise lo miró con curiosidad —las mismas gafas con montura de metal, el mismo pelo corto y canoso, el mismo traje de Brooks Brothers—, e intentó averiguar qué era diferente mientras colocaba la platería, tenedores a la izquierda, cuchillos y cucharas a la derecha.

Su madre, con su melena rubia ceniza y su jersey de cachemir color crema, llevaba precariamente a la mesa una fuente de horno humeante con algo (el olor no ayudaba a reconocerlo) en la mano derecha y una copa de vino blanco en la izquierda. Bebía raras veces entre semana, de modo que o esta era una ocasión especial o sus padres estaban a punto de soltarle un bombazo. ¿Algo como que iban a divorciarse o mudarse a Australia? Louise rezó una rápida oración para que fuera lo segundo.

El señor Lambert volvió al solemne comedor rojo veneciano, austeramente decorado con retratos al óleo de los polvorientos ancestros de su familia, incluido el antiguo cuadro de su tía abuela Alice Baxter, que nada tenía que ver con la atractiva joven que Louise había conocido en el *Titanic*. Su padre se había puesto una vieja camiseta gris y morada de la Universidad de Nueva York (¿desde cuándo tenían permitido vestir informalmente para la cena?) y una copa tintineante con un líquido pardusco y hielo.

—Despachemos esto de una vez —anunció dando un buen trago a su copa—. Hoy ha habido despidos, la firma es hoy la mitad de grande de lo que era ayer. Y digamos que veré mucho más a mis dos chicas favoritas este verano.

—Oh, cariño —contestó la señora Lambert, enroscando las perlas alrededor de su cuello con tanta tirantez que Louise pensó que iban a romperse y rebotar por todo el suelo del comedor—. Bueno, supongo que simplemente encontrarás un nuevo trabajo la próxima semana, ¿verdad, querido? —preguntó con su acento británico que alargaba las sílabas, mientras se sentaba temblorosa en su butaca caoba de respaldo alto.

—Si eres capaz de indicarme una empresa que contrate a abogados hoy en día, tal y como marcha la economía, presentaré con gusto mi cartera y mi currículum. Pero hasta entonces pienso tomarme unas pequeñas vacaciones. ¿Qué hay para cenar, pues? —preguntó en un tono que parecía dar por zanjada la conversación.

La señora Lambert se colocó con delicadeza la servilleta de lino sobre las rodillas.

—Pero tenemos que reparar el tejado y acabamos de comprar el Volvo nuevo...

—Ahora no, cariño, por favor. A ver qué tenemos aquí. ¿Sorpresita de fideos con atún? ¡Otro clásico de la cocina inglesa! —El padre de Louise intercambió con su hija una mirada secreta de desconcierto y sacó una maraña de fideos blancuzcos que aterrizaron en su plato con un ruido sorprendente. Su mujer le pasó por inercia una botella de vinagre de malta, su condimento para absolutamente todas las comidas—. ¿Sabes qué? A lo mejor me apunto a un curso de cocina en mi tiempo de inactividad. Puedo ser el «señor Mamá».

Los ojos de la señora Lambert se llenaron de horror.

—¡Genial! —exclamó Louise. Le sabía mal por su padre, pero también le emocionaba la idea de que por fin pudiese disfrutar de tiempo libre, y posiblemente de una comida decente para variar. Nunca habían tenido problemas económicos. Sus padres tendrían ahorros, ¿verdad?

—¿Y qué hay del señor Patterson? —preguntó, recordando que el padre de Brooke trabajaba en la misma empresa—. ¿Lo han despedido también?

—No, él forma parte de la otra mitad —contestó su padre, dejando traslucir cierta emoción en su rostro apacible—. El lado oscuro —añadió con una fingida risa perversa.

Louise rio mientras revolvía los extraños fideos gelatinosos que tenía delante, pero por dentro también empezó a intranquilizarla un poco el cambio que se había dado de repente en su familia. Miró a su madre para buscar cierta garantía de que todo marcharía bien. La señora Lambert tenía la mirada perdida en el infinito; era como si sus preocupaciones ya la hubiesen transportado a millones de kilómetros de allí.

CAPÍTULO 4

—¿Qué es esto? —preguntó Brooke al día siguiente después del colegio, sujetando con la yema de los dedos, como si fuera contagioso, un colorido pañuelo de seda con tonalidades de piedras preciosas, la última adquisición de Louise en el Ejército de Salvación.

Por mucho que intentase fingir cierto interés en la colección *vintage* de su amiga, era evidente que no era propio de su carácter. A estas alturas, Brooke debía de haberse dado cuenta de que, en cierto modo, su mejor amiga sentía una pasión que no compartían.

—Es chulísimo, ¿eh? Estilo Pucci años sesenta… Lo compré por tres dólares la semana pasada —dijo Louise efusiva y orgullosa de su hallazgo. Por lo general, en las dos tiendas de segunda mano locales, conocidas como La Buena Voluntad y el Ejército de Salvación, con suerte lo único que encontrabas eran dos firmas de moda, como Ann Taylor y Talbots, para madres pijas. Esta vez había tenido mucha potra.

—Es… interesante —acordó Brooke, lanzando descuidadamente el pañuelo sobre el respaldo de la silla con ruedas de Louise.

Marlon, su pececito naranja, nadaba perezosamente en círculos dentro de la pecera colocada encima del escritorio. El mobiliario del cuarto de Louise era un batiburrillo de antigüedades y muebles de Ikea, con una librería recién adquirida de casi dos metros de alto ya repleta de novelas clásicas como *Mujercitas* y *Una arruga en el tiempo*, así como un puñado de libros de moda que Louise ya había leído pero de los que era incapaz de desprenderse todavía. La ropa de Louise estaba desparramada del revés por casi todas las superficies disponibles del cuarto. Se probaba tres conjuntos antes de decidir qué iba a ponerse al día siguiente, y a menudo las prendas que no superaban la prueba terminaban sobre los muebles o la alfombra oriental.

—Gracias, eso suena casi como un cumplido —bromeó Louise mientras Brooke intentaba mirarse en el espejo de cuerpo entero, lo que suponía todo un desafío, dado que estaba cubierto casi por completo por hojas arrancadas de revistas de moda y fotos en blanco y negro de Katharine Hepburn, Cary Grant y demás estrellas del cine clásico de Hollywood.

A veces Louise deseaba tener a alguien con quien hablar sobre su pasión por el *vintage*, otra persona que idolatrase a Christian Dior y a Yves Saint Laurent. Alguien que supiese que Emilio Pucci era un diseñador de moda italiano que había creado patrones geométricos y coloridos para sus vestidos y pañuelos, y no el nombre de un perrito faldero o algo del estilo.

Por desgracia, la probabilidad de encontrar a alguien que apreciase a los diseñadores *vintage* en su colegio, situado en una zona residencial en las afueras de la ciudad, era tan alta como encontrar a Justin Bieber en su clase de literatura inglesa. Algo que no sucedería ni por lo más remoto en este mundo. Como al menos había descubierto algunos blogs sobre *vintage* y moda que consultaba religiosamente, tipo «What I Wore» y «Style Rookie», de Tavi, Louise no se sentía del todo sola. Había otras chicas como ella en alguna parte…

Brooke se sentó en una esquina de la cama con dosel.

—Siento lo de tu padre —dijo a media voz en un tono reservado a las cosas verdaderamente fuertes, como cuando le contó que había visto a Todd y a Tiff bailando agarrados en la fiesta. Como si, al no pronunciarlo en voz alta, no doliese tanto. Lo único que consiguió fue que Louise pensara que no la había entendido bien, así que Brooke tuvo que repetir el devastador golpe tres veces hasta que su mejor amiga pilló finalmente el mensaje. Y claro, aun así dolió. Y mucho.

—Gracias —respondió Louise a la defensiva. Estaba tendida de cuerpo entero en su amplia cama con dosel, hojeando el último número del *Teen Vogue*—. Pero no está muerto, solo temporalmente en paro. Ya encontrará otro empleo.

La revista había inaugurado recientemente una nueva columna sobre una chica que emprendía un viaje de una punta a otra del país, parando en todas las tiendas benéficas de segunda mano que hallaba a su paso y sacándose una foto con sus nuevos/viejos conjuntos. Louise habría dado cualquier cosa por embarcarse en una odisea así. ¿La creerían en la revista si les contaba que había navegado a bordo del *Titanic* y como prueba les enseñaba una vieja foto en blanco y negro sacada de Internet?

—Claro —contestó Brooke, jugueteando con un hilo que

salía de su colcha de retales—. Quería decir que es un rollo perder el empleo, pero es uno de los mejores abogados de Connecticut. Estoy segura de que encontrará otro bufete.

Daba la impresión de que Brooke repetía lo que seguramente había oído a sus padres la víspera durante la cena. «¿Es que ahora todo el mundo se había puesto a hablar de su familia? ¿Como si todos se apiadasen de ellos?» Eso avergonzaría a su madre.

—En fin, ¿no estás emocionada con el viaje a París? —preguntó Brooke alegremente, intentando cambiar de tema.

Cada verano, en el mes de junio, la clase de séptimo de francés avanzado realizaba un viaje a Francia organizado por Madame Truffant, su más que entusiasta profesora de francés. Cómo se las había apañado para convencer al consejo escolar de que la dejasen acompañar al otro lado del océano Atlántico a un grupo de chiquillos de doce años difíciles de controlar, sobreexcitados y con apenas unas nociones básicas de francés, era todo un misterio. Pero, desde luego, era el acontecimiento del año y el motivo principal de que la clase de francés estuviese mucho más concurrida que la de español o, Dios no lo permita, la de latín.

—Pues mira, ahora no sé ni si iré. Se supone que esta noche tenemos una reunión familiar al respecto —contestó Louise.

Cuando eres hijo único y tus padres te convocan a una «reunión familiar», sabes que algo se ha torcido. Las probabilidades de que se reuniesen para comentar lo bien que se lo iba a pasar Louise en Francia eran prácticamente nulas.

—Lou, tienes que venir. Hazlo por mí. ¿Y qué hay de Todd? ¡No puedes dejar que cruce fronteras internacionales a solas con

Tiff! —exclamó Brooke, bajando de un salto de la cama. En el autobús de vuelta a casa, Louise había puesto a Brooke al corriente de lo que había visto en el pasillo esa misma tarde. Era un desenlace perturbador, sobre todo después del baile lento y el flirteo entre Tiff y Todd en la fiesta del colegio, aunque ella debía de saber ya que entre Louise y Todd... Bueno, no sabía a ciencia cierta lo que había entre ellos, así que en definitiva no necesitaba rivalizar en este punto. De momento, Tiff Freedman era el enemigo.

—¿Te crees que no lo sé? —preguntó Louise con cierto dramatismo.

París era la ciudad de sus sueños desde que había visto su primer bolso Hermès Birkin en las páginas del *Vogue* británico de su madre. Su francés era *pas mal* gracias al sinfín de horas de películas extranjeras que había visto para emular los estilos de Brigitte Bardot y Anna Karina, dos de sus actrices francesas preferidas de los años sesenta. *Très chic.*

Pero ahora, gracias a la pésima situación económica, sus probabilidades de ir de compras a la Ciudad de la Luz eran nulas. El universo y el tesoro nacional conspiraban contra ella.

—Buena suerte esta noche. Me voy a casa para la cena, pero recuerda que tienes que venir a París —reiteró Brooke, como si la cosa dependiera de Louise—. Llámame después y me lo cuentas todo.

—Lo haré —suspiró Louise, alcanzando su nuevo pañuelo imitación Pucci y envolviéndoselo en la cabeza como si fuera un turbante exótico. Se despidió de su amiga con dos besos en el aire: así es cómo se decían adiós en el extranjero, o al menos en las pelis extranjeras.

CAPÍTULO 5

Las reuniones de la familia Lambert se celebraban en el comedor formal, espacio que, generalmente, Louise no tenía permitido pisar siquiera, debido a la prístina tapicería color marfil, los valiosos jarrones antiguos y los cuencos decorativos de cristal dispuestos en todos los huecos libres. Era como un museo raro que nadie visitaba más que dos veces al año, cuando sus padres organizaban cócteles para el bufete de abogados de su padre. Louise supuso que no volverían a celebrarse nunca más.

Louise se había visto obligada a asistir a dos de estas reuniones con anterioridad: la primera, al fallecer su abuelo, y la segunda, cuando su gato gris *Bogart* (llamado así por Humphrey Bogart, protagonista de una de las películas clásicas favoritas de madre e hija, *Casablanca*, de los años cuarenta) fue atropellado por el furgón postal. No era de extrañar, por lo tanto, que a la chica se le cayera el alma a los pies cuando fijaron otra. ¿Por qué no podían soltarle las malas noticias en el desayuno, como unos padres normales, en lugar de tenerla en vilo todo el santo día? Se estaban tomando muy a pecho esto de la reunión. A Louise le sorprendió no ver a su madre con su jersey de cachemir en tono neutro a juego con sus perlas, sentada en el borde de su mullido sillón con una libreta amarilla, anotando los minutos: «A las 19:30 de la tarde Louise Lambert entra puntualmente en el comedor».

—No os alcanza el dinero para mandarme a París con la clase —anticipó la chica, mientras se dejaba caer en el incómodo sofá blanco devorando desafiante un cuenco de *brownie* de chocolate medio derretido con helado de dulce de leche de Ben & Jerry—. Terminemos con este asunto cuanto antes.

Había pillado desprevenidos a sus padres; al parecer, había arruinado el guion que llevaban preparado. Su madre observaba con temor el cuenco con el turbio líquido marrón. Louise medio esperaba que su madre le dejara que abriese una botella de soda.

—Mmm… sí. Por desgracia, se trata de eso —balbució su padre pasándose la mano por el cortísimo pelo plateado—. Sabes que siempre hemos apoyado tus actividades extraescolares pero, con toda sinceridad, no podemos costear ese gasto extra, gracias a Gladstone y Braden SL, mi maravillosa exempresa —Levantó su vaso de cristal con un gesto sarcástico y le dio un trago a su ya habitual cóctel de antes de cenar.

—Pero, cariño, en cuanto salgamos del apuro haremos un viaje estupendo todos juntos a Europa —añadió su madre, poniendo rápidamente un posavasos debajo del vaso del señor Lambert antes de que lo apoyase directamente sobre la mesa de roble y dejase una marca de agua—. Será muy divertido.

«Pero ¿es que no ven la diferencia radical entre las dos opciones?»

—Genial —dijo Louise con un hilo de voz—. ¿Puedo irme ya?

—Espero que lo entiendas. Lo siento, palomita. —Su padre parecía realmente entristecido mientras se quitaba las gafas con montura metálica y se frotaba los ojos—. De verdad que lo siento.

—Lo sé —asintió Louise con la cabeza, notando que se le encendían las mejillas. Y así era. No quería parecer la típica hija única consentida, pero tampoco podía evitar pensar que todo aquello era de lo más injusto. Mientras que el resto de su clase estaría en París, riendo e inventándose millones de bromas de esas que «había que estar ahí para entenderlas», ella se pasaría el día aburrida en su cuarto y obsesionada con los cruasanes recién horneados que no se estaba comiendo. Cuanto más pensaba en ello, más grande se le hacía el nudo en la garganta.

—Pero al menos seguimos estando guapos —bromeó su padre. Louise ni siquiera forzó una sonrisa. «¿A qué se refería exactamente?», se preguntó enfurecida mientras se apartaba un rizo suelto detrás de la oreja.

Con un estrépito, dejó el cuenco medio lleno en la mesita de cristal para el café y salió corriendo de la sala antes de romper a llorar. Necesitaba hablar con su mejor amiga.

*   *   *

—No voy a ir —sollozó Louise en el auricular con forma de labios rojos gigantes de los años ochenta, mientras paseaba furiosa como un león enjaulado por su dormitorio todo lo que le permitía el cable enroscado sin tener que arrancarlo de la pared de un tirón.

—¡No! —gritó Brooke; Louise alejó el auricular de su oreja. «Uy.» Ojalá ese viejo aparato tuviese manos libres.

—Lo sé. Me han propuesto que hagamos un viaje a Europa cuando mi padre encuentre otro trabajo. —Hizo una pausa, todavía incapaz de entender lo negados que podían ser los padres a veces.

—¡No! —volvió a chillar Brooke directamente en el cerebro de Louise—. ¡Pero qué injusto!

—Eso es lo que he dicho yo —confirmó Louise apenada. Ambas permanecieron en silencio un momento, intentando asimilar la mala noticia—. Y todo este tiempo podría haber aprendido español —añadió, pensando en las interminables horas que había dedicado a estudiar como una burra los verbos irregulares franceses y el vocabulario. Para nada.

—Bueno, podría ser peor —razonó diplomáticamente su amiga—. Por lo menos no tendrás que soportar un vuelo de siete horas con Billy Robertson dando paraditas en el respaldo de tu asiento.

—Supongo —murmuró Louise. Era un consuelo menor. En realidad esperaba con impaciencia aquel vuelo de siete horas; significaba que viajaría de verdad a alguna parte—. Bueno, intenta no divertirte demasiado sin mí.

Se hizo una larga pausa. Eso era todo lo que se podía decir. Por una vez, Brooke se había quedado sin habla.

CAPÍTULO 6

—Atención, niños —llamó al orden la señorita Morris, como si estas pudiesen ser perfectamente sus últimas palabras—. Hoy vamos a hacer un viaje a Francia.

Louise miró a su alrededor a la tranquila clase de historia repleta de caras inexpresivas. Si desde el punto de vista médico era posible dormir con los ojos abiertos, entonces el 75 por ciento de la clase se estaba echando un buen sueñecito REM en esos instantes. La señorita Morris era posiblemente la única persona del planeta que podía proponer un viaje a Francia sin suscitar ningún tipo de reacción. Ni siquiera una ceja arqueada. Seguramente había preparado esta clase como complemento al viaje de estudios de la profesora francesa Madame Truffant, pero desde luego no era la excursión al extranjero que Louise había estado anhelando.

Su profesora de historia de cabellos canos no iba vestida precisamente para un viaje a Europa, pensó Louise al ver su chaqueta de lana azul marino y una falda de tubo hasta la rodilla. Una ligera variación en el conjunto de aspecto incómodo que llevaba a diario, independientemente de la estación del año… o la década. Definitivamente, la señorita Morris no sucumbía a las tendencias de la moda actual, y para desgracia de Louise, probablemente era la única persona aparte de ella en el Fairview Junior High que vestía *vintage*, aunque sin clase.

Louise echó un vistazo a la hoja en blanco de su cuaderno de anillas y se puso a dibujar un zapato antiguo de tacón alto con un diamante enorme en la hebilla. Parecía… ¿francés? No estaba segura; tendría que comprobarlo en su libro *vintage* cuando volviese a casa.

—Si pensáis que estamos pasando una situación económica desesperada…

La señorita Morris hizo una pausa para borrar los apuntes del día anterior en la pizarra. Prácticamente era la única profesora de todo el colegio que se negaba a usar la pizarra blanca y se empeñaba en escribirlo todo en la pizarra verde de tiza con su letra casi ilegible.

Clic, clic, clic.

«Y tanto que lo pienso», se dijo Louise por encima del sonido ensordecedor del segundero que avanzaba poco a poco en el reloj institucional.

—Entonces es evidente que no habéis hecho los deberes sobre la Revolución francesa —prosiguió la profesora irónicamente. ¡Glups! Por lo general, Louise siempre cumplía sus tareas, pero la víspera había estado un poco… distraída. Se había quedado despierta hasta después de medianoche mirando obsesivamente fotos de París en Internet: la Torre Eiffel, el

Louvre, los Jardines de las Tullerías, los Campos Elíseos… La pantalla de su ordenador estaba todo lo cerca de Francia que ella iba a estarlo en el futuro.

—En todo el país, los franceses del siglo XVIII sufrían una hambruna nacional y morían por malnutrición. La deuda nacional era desorbitada, agravada por un sistema fiscal injusto que sancionaba duramente a los más desfavorecidos. El pueblo llano luchaba para sobrevivir, mientras que la realeza monárquica vivía con fausto y lujos tras las puertas doradas de sus palacios.

Louise no quería pensar en una revolución que había acontecido hacía cientos de años. No podía dejar de pensar en su propio apuro económico, que transcurría en el momento presente. ¿Qué más iba a cambiar ahora que su padre no trabajaba? De momento se perdería el viaje escolar. Al repetirse estas palabras en su cabeza, los ojos empezaron a escocerle y a arderle. Iba a perderse la primera oportunidad totalmente propicia para que le sucedieran cosas increíbles en su vida. Miró a la clase y vio a Billy, su martirio, apoyado en su libro de texto con los ojos cerrados, babeando. En las aulas del Fairview Connecticut, la posibilidad de que sucedieran cosas increíbles parecía totalmente nula.

—En 1789, siete mil mujeres de la clase trabajadora marcharon hacia Versalles armadas con cañones para exigir a la monarquía que atendiese sus necesidades respecto a la escasez de pan. La reina de Francia, María Antonieta, y su familia se exiliaron de su palacio de Versalles en plena noche temiendo por sus vidas. Más tarde la familia real fue juzgada y encarcelada en duras condiciones. Finalmente, ejecutaron a María Antonieta en la guillotina, ante una turba sedienta de sangre. Su cabeza cortada fue alzada muy alto para que el populacho pudiese verla en medio del griterío —prosiguió la señorita Morris con su monotonía habitual.

«¿Qué acaba de decir?» Louise lanzó una mirada alrededor para comprobar si alguien más en la clase estaba atento. Vio que las caras sorprendidas de algunos compañeros antes adormilados empezaban a reanimarse.

—Esta joven reina, natural de Austria, y cuyo matrimonio con el rey Luis XVI había sido fruto de una negociación estratégica con Francia organizada por su madre, se había convertido en el símbolo del exceso y la frivolidad de la sentenciada monarquía francesa. Sus asesinos fueron lo bastante generosos como para no desfilar con su cabeza ensangrentada clavada en una pica por las calles de París, como habían hecho con su amiga del alma, la princesa de Lamballe. Primero llevaron la cabeza despegada de la pobre princesa de Lamballe a un peluquero para garantizar que todo el mundo, en particular María Antonieta, la reconociera.

En el aula, todos los ojos miraban ya al frente, sin apartar la vista de su anciana profesora, que parecía más canija todavía detrás de su amplio escritorio de roble, mientras explicaba con toda naturalidad los asesinatos más truculentos de los que Louise no había oído hablar nunca. Incluso Billy Robertson se había secado la baba de la comisura de los labios y permanecía recto en su silla, sin intención de perderse una sola palabra.

—Arrojaron a la exreina de Francia a una fosa común, con su bonita cara ya separada de su delicado y delgado torso, junto con su marido Luis XVI, al cual habían asesinado con la misma crueldad unos meses antes.

Louise se quedó boquiabierta del impacto. Qué bestialidad.

RIIIIINGGGG. El timbre sonó y nadie se movió. La señorita Morris había conseguido llamar finalmente su atención.

CAPÍTULO 7

—¿Sabes cuánto tiempo llevo esperando el viaje a París? —preguntó Louise, mientras ponía un yogur de fresa *light* marca Stonybrook Farms en su bandeja vacía—. Desde sexto —respondió sin darle tiempo a contestar a Brooke.

—¿Estás haciendo régimen? —preguntó Brooke arqueando una ceja, mientras se servía tiras de boniato fritas que, por su aspecto, parecían llevar millones de años haciéndose bajo una lámpara de infrarrojos. Alguien había pensado que las tiras de boniato fritas eran la combinación perfecta de vitaminas y comida rápida—. Y Louise, no te ofendas, pero sexto fue el año pasado.

—Brooke, estoy depre. Se supone que no debo comer.

Brooke entornó los ojos y cogió una ración para Louise.

—¿En qué estúpida revista de moda has leído esa ridiculez? ¿Estás volviendo a leer números antiguos de *Cosmo*? —bromeó.

El atestado comedor, que también hacía las veces de auditorio cuando no era la hora del almuerzo, bullía y zumbaba con una energía contenida. Era tal el ruido que a Louise le costaba oír a su amiga, y eso que estaba justo a su lado. Llenaban la iluminadísima sala una serie de mesas redondas y largas, dispuestas de tal modo que pasar de un lado a otro del comedor era como navegar por un laberinto. Un estandarte azul y dorado de la nutria *Ozzie the Otter*, la mascota del colegio, ondeaba en la entrada recordando a los alumnos que reciclasen los cartones de leche. Louise sorprendió a Todd y a Tiff riéndose juntos al otro lado de la concurrida sala, en la fila de la comida, apoyados en la pared más alejada. Cuando Tiff se sacudió coquetamente la rubia y lacia melena por encima del hombro, Louise tuvo que desviar la mirada. No era más descarada porque no podía. Louise pensó que ella y Todd lo habían pasado bien en el baile, pero a lo mejor ella había empezado a hacerle caso demasiado tarde, después de todo.

—Desde que cumplí once años es como si eso fuera lo único que he estado esperando —continuó con cierto dramatismo, sin dejar que Brooke cambiara de tema—. Y ahora tendré que quedarme en el cole, cuando no habrá prácticamente nadie más de nuestro curso. Ya me veo almorzando con la señorita Morris. ¿Se te ocurre algo peor?

—No —contestó Brooke con sinceridad.

Louise sintió que iba a vomitar, y no sabía si era por el olor del comedor, mucho más fuerte de lo habitual, por esa combinación nauseabunda de productos de limpieza con amoniaco, ajo y bolitas requemadas de patatas fritas, o porque su disgusto era el que era. Louise y Brooke se abrieron paso entre las largas mesas rectangulares con sus taburetes circulares rojos fijados al suelo y se sentaron en su asiento de costumbre junto a la ventana, sorteando hábilmente un aliño de ensalada italiana bajo en calorías que alguien había derramado por el suelo. Un momento lamentable que debía pasar tarde o temprano.

—Y estoy segura de que Tiff sí que irá —continuó Brooke, limpiando unas migajas de su mesa con unas cuantas servilletas arrugadas. Como los conserjes no limpiaban hasta el último turno del almuerzo, las mesas siempre estaban sucias y pegajosas a esa hora de la tarde.

—¿Podrías no hacer que me sienta tan mal, por favor? —rogó Louise, mientras mojaba un boniato naranja de la bandeja de Brooke en kétchup. La comida grasienta le hizo sentir un poco mejor.

—Perdona, igual con suerte pilla la gripe —contestó Brooke bruscamente, adoptando el «modo apoyo» de mejor amiga—. O una intoxicación alimentaria —prosiguió, señalando con un dedo acusador la bandeja de su almuerzo envuelto en plástico marrón con la típica comida incomible de Fairview—. Eso es totalmente posible aquí.

—Cierto —convino Louise con un suspiro.

—En cualquier caso, piénsalo así: podrás disfrutar de una semana entera para llevar cualquier conjunto *vintage* estrambótico que te apetezca sin temor a que yo te haga el más mínimo comentario sarcástico. Podría ser mucho peor.

—¿Cómo? —la retó Louise, apuntando a su amiga con un boniato pinchado en el tenedor.

—… pues que alguien hubiese muerto —insinuó Brooke finalmente, forzando una sonrisa.

—Gracias —dijo Louise con rotundidad.

—Eh, ¿hay alguien en este sitio?

Todd soltó su raspado monopatín y se desplomó en la silla de plástico duro que estaba libre al lado de Louise. Su bandeja rebosaba con dos hamburguesas, patatas fritas onduladas, *brownie* de dulce de leche y batido de chocolate, un almuerzo típico de chico. A Louise le dio un pequeño vuelco el corazón cuando la manga de la sudadera de Todd rozó su muñeca desnuda.

—¿No vas a comer con Tiff? —preguntó Louise rápidamente, apartando el brazo. Brooke pisó con fuerza las zapatillas de tela de Louise—. ¡Uy! —masculló.

Todd la miró confuso.

—¿Por qué? —preguntó, al parecer totalmente despistado.

—Déjalo —contestó en voz baja. Igual se estaba poniendo un poco paranoica.

—Bueno, París… Va a ser genial, ¿no? —preguntó Todd. De todo lo que podría haber dicho, eso era precisamente lo peor.

—No voy a ir —espetó Louise, mordiéndose con fuerza el labio inferior.

—¡Pues qué rollo! —exclamó Todd, engullendo un puñado de patatas fritas.

La mente de Louise comenzó enseguida a analizar meticulosamente las últimas palabras masculladas. ¿Le entristecía en serio o lo decía por decir? Observó cómo devoraba como solo los chicos podían hacer, con toda naturalidad. Louise nunca había conseguido comerse una hamburguesa del colegio. La textura era demasiado asquerosa como para pensarlo siquiera. Durante la jornada escolar se consideraba vegetariana.

—¡Matt! —interpeló Todd, saltando de su asiento—. Oye, ¿has visto el *ollie* que he hecho esta mañana temprano en las gradas? —Se zampó el resto de la hamburguesa de un solo bocado—. Nos vemos luego, gente —se despidió con la boca llena de comida masticada mientras agarraba su monopatín y dejaba su bandeja a medio comer a Louise y a Brooke sentadas a la mesa. ¿Qué se creía, que iban ellas a recogérsela?

—Sí, un rollo —contestó Louise. Estaba muy confusa. Quizá no fuera nada realista pensar que ella y Todd pudieran ser algo más de lo que ya eran. ¿Y qué eran exactamente?

CAPÍTULO 8

De no haber sido propensa a las escenas melodramáticas, Louise se habría visto obligada a admitir que en realidad anhelaba otra cosa además del viaje del curso de séptimo: El Baúl de la Ropa *Vintage*. Se inauguraría ese fin de semana, y no podía haber sido en un momento más propicio. Quizás, en vez de viajar a un país diferente, podría viajar de nuevo a otra época. Como algo permanente. Si no hubiera estado a bordo del *Titanic*, la vida de Alice Baxter no estaba tan mal. De hecho, era bastante alucinante, si se paraba a pensarlo. Louise rezó por que hubiese más de un vestido mágico en la tienda. Y por que toda la historia no fuera una invención de su cabeza. Si había pasado de verdad, la posibilidad de acabar metida en otro apuro arriesgado la ponía un poco nerviosa, pero aparcó sus temores ante la perspectiva de regalarse unas largas vacaciones; las necesitaba.

La dirección que figuraba en la tarjeta no era la de Chapel Street, como la última vez; de ahí, supuso, la idea de «baúl» para el nombre de la tienda, pues era algo que podías desplazar de sitio. Bueno, al menos Louise lo interpretaba así. La nueva ubicación contribuía sin duda al enigma de la experiencia. No podías entrar simplemente y escoger un bolso *vintage* guateado de Chanel cuando te viniera en gana; tenían que elegirte a ti. El 37 de Spring Street era otra dirección de su pequeña ciudad desconocida para ella, lo cual resultaba extraño, pues creía conocerla ya al dedillo. Tecleó las coordenadas en su iPhone y esperó a que la ruta apareciese resaltada en la pantalla. Pero lo único que apareció fue un mensaje de error. Según su GPS, el 37 de Spring Street en Fairview, Connecticut, ni siquiera existía (!?).

—Mamá, ¿sabes dónde queda Spring Street? —preguntó Louise al entrar en la cocina.

—¿Cómo, cariño?

La señora Lambert estaba sentada a la enorme mesa de roble claro de la cocina, totalmente cubierta de papeles, con la mirada perdida en el espacio. Una delicada taza de té de porcelana azul y blanca se cernía inmóvil en el aire, como si la mujer hubiese olvidado en mitad de su recorrido que quería un sorbo de Earl Grey.

—Spring Street —repitió Louise. Estos días su madre estaba más distraída de lo habitual. Lo que no era poco.

—Tiene gracia, he pasado hoy por ahí cuando hacía mis recados —contestó la señora Lambert volviendo al planeta Tierra y colocando la taza con cuidado en su platillo—. Creo que es una calle nueva, bueno, más bien un callejón. Da a la entrada trasera de la oficina de correos. ¿Por qué lo preguntas?

—Hoy hacen otra liquidación de ropa *vintage*. Creo que podré encontrar algo para la fiesta de cumpleaños de Brooke. La semana que viene celebra sus trece años con una fiesta de gala.

—Estupendo —contestó su madre, ausente.

«¿Estupendo? ¿Me está escuchando siquiera?» Por una vez en su vida su madre no ponía el grito en el cielo al oír la palabra *vintage*. Louise tenía la sensación de haberse pasado un año entero defendiendo sin cesar sus compras de segunda mano ante su madre. Daba por supuesto que era la exquisita educación británica de la señora Lambert lo que hacía imposible que entendiese por qué su hija prefería comprarse la ropa en una tienda de segunda mano. Y, teniendo en cuenta que Louise se había desmayado en la primera liquidación *vintage*, supuso que esta visita le traería más problemas. ¿Por qué esta vez no estaba disgustada con ella por traer viejas prendas contaminadas con antiguos gérmenes que podrían matar a la familia de una escarlatina, una peste bubónica u otra enfermedad ya erradicada, como siempre alegaba su madre? Desde luego, algo iba mal. Louise deseó que su madre espabilase de una vez y volviese a actuar como su antiguo yo. Esta madre robot empezaba a darle escalofríos.

—Supongo que no tengo que comprarme ropa nueva para el viaje a París, ¿verdad? —preguntó con tristeza, deseando convencer como fuera a su distraída madre de que cambiase de opinión.

De improviso, la mirada de la señora Lambert volvió a centrarse en la realidad.

—Sabes que el asunto está zanjado. Lo siento, pero la respuesta sigue siendo no —contestó con firmeza, jugueteando nerviosamente con el collar de perlas clásicas de una sola vuelta que llevaba al cuello.

Louise se preguntó si a su madre, con su maravillosa infancia de *au pairs* y servicio de criados, le habrían negado alguna vez algo a la edad de Louise. Sin duda, nada de semejante calibre. Este viaje era crucial para el desarrollo social de Louise. Tenía que conseguir que lo entendieran.

—¡No es justo! —dejó escapar.

—¡Louise Ann Lambert! —«Nombre completo, mala señal»—. Lo siento, pero debemos recortar gastos y ahora mismo un viaje a Europa no entra en nuestros planes. Mucha gente tiene problemas mucho más graves. No creo que vayas a morirte por ser un poco más comprensiva. Esto no es fácil para nadie.

—¡Pero no entiendes lo importante que es para mí! —fue lo único que a Louise se le ocurrió decir.

—¡Tienes que verlo en su justa medida y dejar de comportarte como una niña mimada! —Louise hizo una mueca. Muy enfadada—. Oh, cariño, no quería decir eso. Ahora mismo estoy muy estresada. Lo siento, corazón. Mira, esta noche haremos palomitas al horno y veremos a Audrey Hepburn en *Vacaciones en Roma*, ¿te parece? No me vendría mal un descanso.

—Tengo deberes para el cole —dijo Louise enfurruñada,

aunque era sábado, y la película, una de sus favoritas en blanco y negro.

—¡Louise, ten cuidado, por favor! Y no te dejes el móvil —ordenó su madre con inesperada urgencia.

Louise salió de la cocina como un huracán, más resuelta que nunca a buscar a Marla y a Glenda y refugiarse en la fantasía de su colección *vintage*; quizá para siempre esta vez.

CAPÍTULO 9

Louise se sentó en el sillín amarillo de su bicicleta rosa de tres marchas y desde la calle miró la casa donde había crecido. La amplia mansión estilo Tudor, situada en una cuesta retirada sobre un cuidado césped, desprendía un aura imponente. Por fuera nunca habrías adivinado el trastorno y la preocupación recientes que reinaban entre sus paredes de piedra. El único atisbo de que algo fallaba un poco eran unas cuantas tablillas rotas que colgaban descuidadamente de sus clavos en el tejado a dos aguas.

Saludó con la mano a su anciana vecina, la señora Weed, entretenida en podar sus rosales como cada sábado por la tarde, y pedaleó hacia el centro por las familiares calles jalonadas de árboles, en dirección a la oficina de correos. Mientras Louise rodaba por su ciudad natal con las cintas del manillar de su bicicleta ondeando al viento, sintió una exasperante mezcla de nostalgia e inquietud. Cada uno de sus recuerdos estaba inextricablemente vinculado a estas calles, casas, personas, lo cual era a un tiempo reconfortante y claustrofóbico.

La señal de Spring Street era distintiva, no solo por estar pintada con letras negras sobre un poste de madera que nunca había visto antes, sino también porque marcaba el principio de un sendero adoquinado; tanto más cuanto que el resto de las calles de su ciudad eran asfaltadas y modernas. Este detalle ya le daba la impresión de estar retrocediendo en el tiempo. Louise se arremangó su rebeca azul marino y pedaleó con determinación por la callejuela desigual y llena de baches.

Altos y gruesos robles protegían la calle del luminoso sol vespertino; cuanto más avanzaba, más oscuro y estrecho se tornaba el sendero. Louise se enorgullecía de ser una exploradora y le asombraba que una calle tan peculiar, a tan solo quince minutos en bicicleta de su casa, le hubiera pasado inadvertida. Igual su ciudad no era tan pequeña como ella había pensado.

Se detuvo delante del primer buzón blanco que vio, donde ponía ilógicamente «número 37» con una pintura verde desconchada, y volvió a comprobar su invitación. Este debía de ser el sitio.

Sorteando los baches de la entrada, se acercó a una casita de piedra. A Louise le pareció un sitio muy raro como para albergar una tienda *pop-up*, temporal. Pero se recordó a sí misma que trataba con dos dependientas más bien inusuales.

De súbito, cuando estaba a punto de llegar, la rueda trasera de la bicicleta derrapó en la gravilla desigual, arrojando a Louise bruscamente hacia un lado, con todo el peso de la bicicleta encima de su cuerpo, en el abandonado césped de la fachada. Uy. Otra entrada glamurosa.

Se desembarazó del armazón de metal rosa, se limpió la suciedad de la rodilla raspada y echó un vistazo a su alrededor para comprobar si alguien había presenciado el penoso momento. Estaba sola, sin lugar a dudas. Louise subió con cautela los peldaños de madera podridos y blandos hasta la puerta arqueada de caoba, intentando ignorar la sensación martilleante en su sien izquierda. Al levantar la pesada aldaba de bronce de la puerta experimentó un momento de intensa inquietud, un repentino temor a lo desconocido que le aceleró el corazón. Comprobó tres veces la invitación azul verdosa para asegurarse de que estaba en el lugar indicado. Louise había querido ir sola a la tienda para afirmar su independencia de algún modo, pero ahora deseaba tener a su mejor amiga al lado, como la última vez. «¿Por qué razón vuelvo a hacerlo exactamente? ¿Acaso no estuve a punto de morir por culpa de esto la última vez?» Pero antes de poder dar media vuelta y subirse a la bici, oyó un tintineo de campanas y la puerta maciza se abrió ante ella. Louise penetró en la oscuridad sin pensarlo.

CAPÍTULO 10

—¡Marla! ¡Mira qué prodigio! ¡Nuestra chica *fashion* preferida ha vuelto!

—Te dije que volvería, ¿sí o no, Glenda?

Antes de que Louise pudiese proferir siquiera un hola, las damas corrieron a recibirla y la arrastraron dentro de la casita tenuemente iluminada; los dos pares de ojos verdes iridiscentes echaban chispas de la emoción. Por el ancho suelo de tarima se veían lentejuelas desparramadas y botones sueltos, y las Converse rosa fluorescentes de Louise crujieron sobre ellos tras cruzar el umbral.

—Espero que la casa no estuviera muy apartada. Me alegra que nos hayas encontrado —gorjeó Glenda, acariciando la cabeza crespa de Louise como si fuese un gato desobediente. Sacó una larga brizna de césped del moño desaliñado—. ¿Olvidas algo? —preguntó con una risita.

Lo que Louise había casi olvidado era lo alta e intimidante que era Glenda, algo que acentuaban los tacones laminados de sus botas estilo eduardiano de piel negra desgastada. Su rebelde melena pelirroja no se sometía a los dientes de la peineta de carey que sobresalían de su coronilla cual antenas y casi tocaban las vigas de madera del bajo techo.

—¿De dónde ha salido este lugar? —preguntó Louise con temor—. Mi teléfono no lo ha encontrado en el plano.

—¿Cómo puñetas iba a usar tu teléfono un plano? —preguntó Marla perpleja, empujando las gafas de lectura sobre el puente de su nariz, cosa que exageraba el estrabismo de sus ojos marrones—. Porque siempre ha estado aquí precisamente; supongo que a veces solo necesitas que alguien ponga una señal bien alto —dijo quitándole de los hombros la rebeca de cachemir color añil de la firma de moda Anthropologie, estilo *vintage*, y colgándola en la percha acolchada de un curioso perchero con ruedas.

Marla y Louise tenían ahora la misma altura. ¿Había menguado Marla o había crecido Louise? No podía estar segura, pero Louise se veía ahora mirando directamente la verruga de la nariz, que estaba a la misma altura que la suya (su nariz, no la verruga).

—¿Me lo… me lo devolverá? —preguntó Louise. Era su rebeca azul marino favorita; combinaba con todo y tenía esos preciosos botoncitos que parecían perlas brillantes.

—Por supuesto, querida. Sabemos exactamente dónde está cada cosa —respondió Glenda, poniéndose un abrigo largo de leopardo que sacó del mismo perchero—. ¡Justo donde lo dejé!

A Louise le costaba creerlo.

La casita de una sola estancia era más grande de lo que pare-

cía desde el exterior y se había transformado milagrosamente en una animada tienda de ropa. Los tesoros *vintage* ocupaban hasta los topes cada metro cuadrado de espacio. Había incluso botas abotonadas y zapatos de tacón alto con tiras en forma de «T» apiladas encima de la chimenea. Un colorido candelabro de cristal estilo veneciano colgaba peligrosamente de la viga central y proyectaba una luz centelleante en la tienda, por otra parte oscura y tenebrosa. La habitación olía a bolas de naftalina y a cedro, como el armario donde su madre guardaba la ropa blanca en casa.

Louise pensó que Marla y Glenda se ahorrarían muchas molestias si encontraran un local permanente, pero le gustaba la atmósfera de misterio que rodeaba toda la puesta en escena: no podía evitarlo. Reconoció un armario ropero de color marfil de la última liquidación *vintage* en el rincón más alejado. Sin lugar a dudas, era el ropero donde había encontrado su vestido rosa. Pensó que era una buena ocasión para preguntarles qué le había sucedido realmente tras probarse aquel vestido de noche en el número 220 de Chapel Street, donde estaba la primera tienda.

—¿Conocen a una actriz que se apellida Baxter? —se aventuró Louise, no muy segura de cómo formular la pregunta sin parecer una chiflada de pies a cabeza.

—¿Alice Baxter? —preguntó Glenda con una ceja arqueada—. Es posible. Pero nunca revelamos datos de nuestros clientes, preciosa.

—Sí, firmamos un contrato de confidencialidad con quienquiera que entre en nuestra tienda. Lo tengo por aquí, en alguna parte —informó Marla, acercándose precipitadamente a su secreter de tapa corrediza y revolviendo entre una pila precaria de desordenados papeles—. De hecho, si consigo encontrarlo, creo que ya es hora de que tú lo firmes también.

—¿Han estado alguna vez a bordo del *Titanic*? —inquirió Louise sin rodeos.

Marla y Glenda intercambiaron una mirada confusa y se echaron a reír.

—Pero ¿qué edad te crees que tenemos? —preguntó Glenda—. ¿Tienes idea de que el *Titanic* zarpó en el año 1912? —prosiguió, lanzándole una mirada mordaz que a duras penas disuadió a Louise de seguir preguntando.

—Tú solo date una vuelta por la tienda. Te espera un inventario fabuloso —bromeó Marla, renunciando al documento extraviado y cambiando hábilmente de tema.

—¿Quieres un poco de música para mejorar tu experiencia como compradora? —propuso Glenda al tiempo que ponía un disco en el anticuado gramófono que había en un rincón. Las irregulares notas de un piano de *jazz* inundaron el aire.

—¡Oooh, mi favorita!

Marla y Glenda comenzaron a dar palmas y a hacer piruetas por toda la habitación, abriéndose paso entre los montones de sombrereros rojos y blancos y los rebosantes percheros, riendo y levantando polvo y lustre a su paso. Desde luego, no necesitaban a Louise para entretenerse.

Al adentrarse más en la habitación, a Louise le faltó poco

para tropezarse con una *chaise-longue* de estilo victoriano totalmente cubierta con toda una paleta de vestidos de diseño de distintas décadas. Reconoció de inmediato un vestido recto estampado en rosa y verde de la firma Lilly Pulitzer.

Escogió un vestido mini negro y ceñido de Azzedine Alaïa, cubierto de cremalleras, cuya única función aparente era la de darle al traje un aspecto absolutamente formidable. Azzedine Alaïa era uno de los modistos de alta costura más célebres de los años ochenta: había vestido a los famosos y a las supermodelos más en boga de aquella década.

Se trataba de las primeras supermodelos: Naomi Campbell, Cindy Crawford y Stephanie Seymour, entre otras. ¿Y si se probaba este vestido y la transportaban, teletransportaban o lo que fuera al Nueva York de los años ochenta? Quizá encarnara a una marchante de arte o una cantante como Madonna (a quien también había vestido Alaïa, algo de sobra conocido por todos). Quién sabe, a lo mejor era Madonna, pensó Louise, componiéndose toda una historia en la cabeza. De ser así, podría salir por el centro, a sitios como el Mudd Club, frecuentados por iconos del arte moderno como Jean-Michel Basquiat y Andy Warhol. Por si fuera poco, eran los años ochenta, la década del exceso. ¡Compras! ¡Sushi! ¡Teléfonos móviles de tamaños enormes! «Exceso» sonaba exactamente a lo que Louise necesitaba en esos momentos.

Mientras Marla y Glenda bailaban al ritmo del *swing* de parte a parte de la tienda, Louise se escondió detrás de una pila de sombrereros, se quitó el vestido de tirantes rosa con motivos florales que había conseguido por ocho dólares en eBay y se deslizó dentro de la minúscula prenda elástica negra. Se la probaría a modo de pequeña prueba de conducción. Louise entrecerró los ojos y alargó los brazos en horizontal, esperando que la invadiera aquella sensación de mareo y vértigo.

Pero, aparentemente, la chica no estaba destinada a ir a ninguna parte. ¿Y si aquella historia del viaje en el tiempo era un producto de su mente, al fin y al cabo? Abrió los ojos para descubrir que seguía en el mismo sitio, la tienda de ropa *vintage*, con dos vendedoras disgustadas que la miraban de hito en hito.

—¿Sabías que el hurto en comercios es un delito federal en este estado? —interrogó Marla amenazadora, jugando con el amuleto de caniche que pendía de su cuello en una gruesa cadena de oro. Era el mismo collar peculiar que ella y Glenda llevaban la última vez que Louise había estado en la tienda—. ¿No es así, Glenda? ¿O estamos en otro estado? —preguntó a su compañera encogiéndose de hombros, la cual tenía los ojos abiertos como platos.

—Pensaba pagarlo —dijo Louise avergonzada.

—Pero, querida, ¿quién ha hablado de dinero? No habrás pensado que íbamos a dejar que te fueras de aquí vestida con ese modelito tan atrevido, ¿verdad? —preguntó Glenda, inspeccionándola desde detrás de los sombrereros con una mirada desaprobatoria.

El disco de *jazz* se había parado por arte de magia con un chirrido y Louise fue dolorosamente consciente del juicio silencioso al que la estaban sometiendo.

La chica se ruborizó al mirarse. Debía admitir que se parecía mucho a Julia Roberts en *Pretty Woman*.

—Azzedine es un genio, pero el hombrecillo nunca supo cuándo poner límite a los tijeretazos, ¿verdad?

—Quizá para cuando tengas unos años más, querida —dijo Marla con más dulzura, apartando algunos mechones parduscos de sus ojos y entregándole un kimono de seda laboriosamente bordado con el que taparse.

Louise se deslizó vacilante dentro de la bata azul verdosa. ¿Acaso se despertaría en Japón siendo una geisha? Pero ¿qué tenía exactamente de mágico esta tienda?

Quizá no había soñado la experiencia del *Titanic*, pero empezó a sentirse un poco boba por haber deseado secretamente que, con probarse un vestido, pudiera refugiarse en la vida de otra persona.

—¿Qué te parece este maravilloso vestido largo? —preguntó Glenda, mostrando un espantoso vestido violeta arrugado con mangas abombadas color granate que parecía sacado directamente de una feria renacentista.

—Creo que paso —contestó Louise, un tanto consternada porque sus estilistas empezaban a ser tan estrictas como su madre. «¿No podría elegir su propia aventura, si es que volvía a gozar de esa suerte?»

—¿Acaso nos estamos volviendo quisquillosas, princesa? —chasqueó Glenda, lanzando el vestido al suelo.

—Lo siento, supongo que no estoy de humor. Han despedido a mi padre, mi madre y yo acabamos de pelearnos y no puedo ir de viaje a París con el resto de mi clase de francés. Es muy injusto. Nunca consigo ir a ningún sitio.

—Bueno, eso no es del todo cierto, ¿verdad, querida? —preguntó Marla.

Louise reconoció entonces que la frase «es muy injusto» era ya su nuevo mantra.

—De hecho, yo diría que ya has viajado bastante más que la mayoría de las jovencitas de tu edad —rio tontamente Glenda. Un momento, ¡entonces sí que estaban al tanto de su viaje en el *Titanic*!—. Olvidemos todo este asunto y busquemos un vestido especial para ti. Como dijo una vez mi querida amiga Coco Chanel: «Hay gente que tiene dinero y gente que es rica». Si pudieras apreciar todo lo que tienes por un momento, comprenderías que tú formas parte de los ricos, querida.

—Creo que ahora mismo preferiría tener dinero —dijo Louise melancólica. Ser «rica», significara lo que significase, no iba a conseguirle precisamente un billete de ida y vuelta a París. Lo cual en ese punto de su vida parecía ser uno de sus objetivos, si no el único—. ¿Y Coco Chanel no murió hace casi cincuenta años? —preguntó Louise perpleja, sin entender cómo Glenda y el icono de la moda Coco podían ser tan amigas.

—¿Un poquito de salsa verde? —interrumpió Marla, contoneándose con elegancia por la desordenada habitación con una bandeja de *crudités* y un cuenco con una pinta espeluznante que contenía una sustancia verde mohosa—. Es una receta de mi familia. ¡La he preparado especialmente para ti! —exclamó, plantando la bandeja en las narices de Louise.

«¿La preparó el año pasado?», tuvo Louise la tentación de preguntar. La zanahoria mustia y los palitos de apio se desplegaban en abanico alrededor de la salsa de aspecto espantoso. Louise recordó de inmediato la última vez que había probado los experimentos culinarios de Marla y rechazó la oferta educadamente. Aunque, ¿y si, como creía su madre, en verdad fue la intoxicación alimentaria la que le produjo los vívidos sueños del *Titanic*? Antes de tener ocasión de cambiar de parecer, Marla respondió malhumorada «¡Como quieras!», y metió el aperitivo intacto en un sombrerero a rayas rojas y blancas, cerrando rápidamente la tapa.

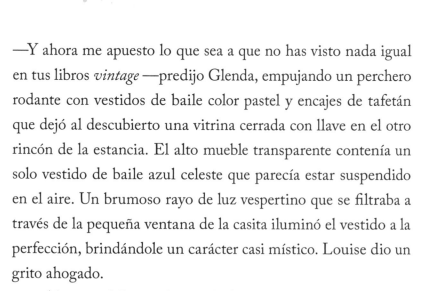

CAPÍTULO 11

—Y ahora me apuesto lo que sea a que no has visto nada igual
en tus libros *vintage* —predijo Glenda, empujando un perchero
rodante con vestidos de baile color pastel y encajes de tafetán
que dejó al descubierto una vitrina cerrada con llave en el otro
rincón de la estancia. El alto mueble transparente contenía un
solo vestido de baile azul celeste que parecía estar suspendido
en el aire. Un brumoso rayo de luz vespertino que se filtraba a
través de la pequeña ventana de la casita iluminó el vestido a la
perfección, brindándole un carácter casi místico. Louise dio un
grito ahogado.

—Al museo Metropolitano de Arte de Nueva York le gustaría echarle mano a esta fabulosa prenda —murmuró Glenda
entre dientes.

El vestido era de un delicado satén azul pálido, el mismo color que las cajas de regalo de Tiffany. El corpiño fruncido terminaba en una larga y preciosa falda con miriñaque, adornada
con dos paños que caían como cortinas de un escenario unidas
por borlas doradas. Guarnecía el generoso escote corazón una

intrincada puntilla blanca y una cinta azul real, que también adornaba el bajo del vestido que llegaba hasta el suelo. La cinta, hecha a mano, también bordeaba tres cuartos de las mangas en perfectos volantes abullonados y terminaba en una larga cinta de seda azul con un grueso diamante a modo de broche en cada brazo. Una hilera de lazos decorativos de seda rosa pálido descendía por delante del vestido en una ordenada y pequeña sucesión. El vestido estructurado aparecía erguido, como flotando en el espacio.

—¡Tiene casi tantos años como tú! —gritó Marla a Glenda.

Glenda arqueó una perfilada ceja.

—Ja, ja —profirió rotunda, sin reírse en lo más mínimo.

—¿Quién lo ha diseñado? —preguntó Louise, que todavía aguantaba la respiración. Nunca había visto un vestido igual y la friki *vintage* que llevaba dentro se moría por saberlo.

—Es… —empezó Glenda, haciendo una pausa efectista— es un auténtico Rose… Bertin.

—¿Un Rose qué? —preguntó Louise, sorprendida de no conocer a la diseñadora. Durante los años de su búsqueda obsesiva creía que, como mínimo, a estas alturas había oído hablar de todos los diseñadores de alta costura.

—La juventud de hoy en día… —respondió Glenda, arrugando la nariz como si oliese a podrido.

—¡El vestido para la fiesta de gala de Brooke! ¿No es perfecto? —exclamó Marla sin contestar a su pregunta.

—¿Cómo saben eso? —preguntó Louise, desconcertada por la misteriosa capacidad de Glenda y Marla para escoger exactamente lo que ella andaba buscando. ¿Había dicho lo de la fiesta de cumpleaños de Brooke? ¿Había mencionado siquiera que Brooke iba a dar una fiesta de cumpleaños? No lo creía.

—Parece perfecto —contestó dudosa, acercándose al vestido para verlo más de cerca—. Pero ¿de dónde lo habéis sacado? Parece más una prenda de museo que de una tienda de ropa *vintage*.

—¿Cómo diablos ibas a llevar algo así en un museo? —preguntó Glenda con expresión de asombro—. Tienen muchas normas en esa clase de sitios.

—Pero ¿y si le hago un desgarrón? Parece tan frágil...

—¡Preguntas, preguntas! ¿Por qué no un simple «gracias»? —interrumpió Marla, chasqueando la lengua a modo de desaprobación.

—Aún no ha llegado la hora de que se lo ponga, ¿no te parece, Marla? —preguntó Glenda a media voz, lanzando una mirada mordaz a su compañera—. Como reza el dicho, ¡cada cosa a su tiempo!

—Muy cierto, porque me parece que últimamente pierdo la noción del tiempo —respondió Marla rápidamente, agarrando otra vez el perchero con los vestidos de baile color pastel—. Quizá puedas probártelo en la próxima liquidación de ropa *vintage*, ¿no crees, querida?

Louise pasó una mano delicadamente por la vaporosa tela azul celeste; parecía que podía deshacerse entre sus dedos de un momento a otro. «¿Cuántos años tiene esta prenda?» Técnicamente hablando, sabía que un vestido así era demasiado antiguo como para ser considerado *vintage*. Sin duda era una antigualla y, en este caso, extremadamente valiosa.

Tiff Freedman jamás llevaría algo tan bonito. Todd volvería a enamorarse de Louise, o algo similar, si la viese con este vestido azul real tan espectacular. Por una gloriosa noche podía pasar por una dama rica que pudiese permitirse un vestido de alta costura como este hecho a su medida.

—Por favor —rogó Louise—. Me encantaría probármelo ahora.

Las dos mujeres intercambiaron miradas nerviosas, pero antes de poder responder siquiera se oyeron unos golpes fuertes en la puerta de la entrada. En medio de una nube de polvo y un tintineo de campanas, una Brooke de aspecto furioso hizo su aparición en la casita.

CAPÍTULO 12

—¿Brooke? ¿Qué estás haciendo aquí? —preguntó Louise, alejándose de la vitrina de cristal totalmente conmocionada. Experimentó esa extraña sensación de cuando dos compartimentos totalmente separados de tu vida colisionan.

—¡Lou, me cuesta creer que no me dijeras que ibas a venir a
otra liquidación de ropa *vintage*! Es como si tuvieras una vida
secreta o algo así. Creía que éramos amigas del alma —gritó,
levantando los brazos con un gesto de confusión total.

—Y lo somos…

—Tu madre ha tenido que decirme dónde estabas —añadió
con tristeza, como si eso fuera la peor de las traiciones—. Yo
pensaba que lo compartíamos todo. Sé que no acabo de entender tu obsesión con la ropa usada, pero…

Louise vio que Glenda fruncía instintivamente el entrecejo.

—Preferimos el término *vintage*, cielo. Usado suena… venido a menos.

—Está bien —dijo Brooke entornando los ojos, sin moverse

de la entrada—. Con la ropa *vintage*. ¡Pero aun así me habría gustado que me lo dijeses!

—Oh, cariño —murmuró Marla, tapando rápidamente la vitrina de cristal con el perchero con los vestidos sin tirantes.

—Yo solo… —balbució Louise, sin saber cómo salir del aprieto.

—Mi querida Brooke, ¡qué fabulosa sorpresa volver a verte! —exclamó Glenda en un tono mucho más alegre, avanzando rauda y poniendo un brazo protector alrededor de los hombros de la chica afligida.

—Mira, Louise no quería decirte que venía a vernos porque quería sorprenderte con su vestido en tu fiesta —añadió Marla acariciando la rubia cabeza de Brooke para tranquilizarla.

—Un momento, ¿qué es eso que llevas? ¿No será el conjunto que pretendes ponerte en mi fiesta de cumpleaños? —preguntó Brooke ojiplática.

Louise se miró el conjunto medio japonés, medio ochentero, ahora totalmente avergonzada. Había olvidado la extraña combinación de vestido mini y kimono que llevaba puesto.

—No exactamente —contestó ruborizada.

—¿Y tú? ¿Qué diantres es eso que llevas? —preguntó Glenda impostando la voz mientras se acercaba a examinar la sudadera rosa con capucha de Juicy Couture y los *leggings* negros de Brooke (que eran algo muy normal y moderno en Fairview), como si la sudadera fuese un artilugio alienígena del planeta Chicle. Glenda se estremeció al pasar sus largos dedos torcidos por la tela aterciopelada. Echó una ojeada a la etiqueta del cuello.

—¿Juicy Couture? ¡Ja! Deja que te enseñe lo que significa de verdad la *couture*, el corte y la confección —exclamó Glenda, sacudiendo con dramatismo su alocada melena roja.

—Creo que tenemos algo de un pequeño diseñador llamado Karl Lagerfeld que a ti te quedará bárbaro.

—Seguro.

Brooke se encogió de hombros con indiferencia, al tiempo que lanzaba una mirada penetrante a Louise.

Mientras Marla y Glenda guiaban a Brooke hacia el otro lado de la tienda para enseñarle su amplia selección de Karl Lagerfeld para Chanel, Louise se acercó de puntillas y sigilosamente por detrás del perchero de gasa hasta la vitrina y abrió despacio la fina puerta de cristal. Aguantó la respiración, temiendo que sonase una alarma o le cayese encima una red del techo, pero no pasó nada. Algo le decía por dentro que debía probarse la magnífica antigualla y que esta podía ser su única oportunidad.

Se quitó el kimono de seda azul verdoso y luchó por despegarse del Alaïa ridículamente ceñido antes de que las demás se percataran. Sentía una fuerte atracción por esa vitrina de cristal, tan fuerte como si el propio material susurrase su nombre. La tela de satén exquisitamente bordada había sido cosida a mano sin la menor duda y la maestría artística del diseño etéreo le cortó la respiración.

Sacó el enorme vestido azul turquesa de su instalación y sintió que un escalofrío le recorría los brazos. Louise reconoció la misma sensación de piel de gallina de la última vez, cuando encontró el vestido rosa iridiscente que la había transportado al *Titanic*. Una ola de *déjà vu* invadió todo su ser.

—¡Louise, querida! ¡Brooke ha encontrado algo fantástico para ti! —exclamó una voz ronca desde el otro extremo del atestado cuarto—. ¿Habías visto estos adorables zapatos rojos de tacón de Ferragamo que dejamos para ti en la chimenea? ¡Clásicos! ¡Y de tu talla! ¿Dónde estás, querida?

—¡Enseguida voy! —gritó Louise, intentado sonar lo más normal posible. Se embutió rápidamente el miriñaque y se deslizó como pudo el ceñido cuerpo del vestido de satén azul pálido, metiendo el brazo izquierdo en una manga de seda fruncida. El vestido le quedaba casi a la perfección. ¡Resplandeciente!

—¡Lou, tienes que probarte esto! —oyó que decía Brooke, mientras resonaban unos pasos cada vez más cercanos.

—*Come out, come out wherever you are* —«Sal, sal dondequiera que estés», cantó Marla la canción de Frank Sinatra, mientras los pasos resonaban cada vez más fuertes y cerca. Louise iba a ser descubierta y a meterse decididamente en problemas.

Sin un momento que perder, metió el brazo derecho en la otra sisa, delicada y minúscula, e, inmediatamente, un fogonazo de luz azul y blanca centelleante la cegó. Al instante, Louise se desplomó en el suelo como una marioneta elegantemente vestida cuyas cuerdas alguien hubiera cortado.

«No diseño ropa. Diseño sueños.»

RALPH LAUREN,
diseñador de moda estadounidense

CAPÍTULO 13

Cuando Louise despertó, habría jurado que estaba encerrada en un ataúd. El aire estaba viciado, quieto, y ella, agazapada en una pequeña zona de madera tan tranquila como la muerte. Le pesaba la cabeza y su cuerpo estaba dolorido, como si hubiese yacido congelada en esta postura rígida e incómoda durante horas.

«¿Cómo he venido a parar aquí?»

Antes de poder reflexionar siquiera sobre esta pregunta, un chorro de luz llenó repentinamente el espacio oscuro y viciado. Huy. Louise se restregó los legañosos y soñolientos ojos.

—Mi querida Gabrielle, ¡qué escondite tan maravilloso!

«¿Gab... qué?»

Un bichito blanco y peludo se subió a las faldas de Louise y empezó a lamerle la mano y a ladrar.

—Si no fuera por mi precioso *Macaroon* no te habría encontrado nunca. Buen cachorrito —susurró la chica rubia y guapa mientras recogía al perro menudo y le besuqueaba la nariz como una mariposa.

Por lo poco que Louise pudo ver con los ojos entornados, la chica era bajita, de mejillas sonrosadas, piel blanca de alabastro, labio inferior ligeramente pronunciado y grandes ojos entre grises y azul pálido.

Louise miró a su alrededor, tratando de orientarse. Estaba sentada encima de una pila de vestidos de seda en lo que parecía ser un armario ropero. Algo afilado le pinchaba el trasero. Se levantó y descubrió que estaba sentada sobre una hebilla con un diamante incrustado abrochada a un anticuado zapato de tacón alto color limón.

Por el diseño del tacón curvo de pronto comprendió que tal vez no estaba en su siglo. Louise tuvo el *flashback* de un boceto de su cuaderno de historia, y habría apostado cualquier cosa a que había dibujado un zapato similar en la última clase de la señorita Morris. ¡Y ahora era un objeto real en sus manos! Ojalá se hubiese acordado de buscarlo en su libro *vintage* aquella noche.

—¿Dónde estoy? —balbució Louise.

Su voz sonó rara. «¿Francés?»

—*Voilà!* —exclamó la chica, ayudando a Louise a mantener el equilibrio y llevándola a una habitación decorada a las mil maravillas.

Adornaban las paredes azul cielo unas detalladas incrustaciones de hojas doradas. Un candelabro de bronce y cristal iluminado por velas titilantes centelleaba en el techo. Había jarrones con flores silvestres rosas y moradas dispuestos en cualquier hueco disponible, y las flores parecían ir a juego con el dibujo de la alfombra bordada sobre cañamazo y las vaporosas cortinas de muselina que ondeaban en los ventanales abiertos.

Louise pestañeó, intentando hacerse a su nueva realidad. ¡El vestido había funcionado de veras! Se preguntó si alguien sabría dónde estaba.

—¡Tu pelo! —exclamó Louise, sorprendida al ver que el pelo rubio claro de la chica se alzaba cardado en una colmena gigante que sobresalía por encima de su cabeza unos buenos treinta y cinco centímetros.

Plantados en el nido de pelo había dos plumas de avestruz blancas que extendían su peinado otros sesenta centímetros. Era un tocado extraño y espectacular, pero si sustraías el peinado con forma de proyectil, la chica era bajita, más o menos de la misma altura que Louise.

También percibió con alegría que, detrás de las capas de su entallado vestido imperio de muselina blanca, parecía tan flaca y plana de pecho como ella.

—¿Crees que es demasiado? —preguntó la chica, dejando escapar una risita aguda—. ¡Creo que Leonard ha hecho un trabajo maravilloso!

—No, es fantástico —respondió Louise rápidamente—. Es solo que nunca había visto a nadie con un peinado así.

—Pues entonces deberías mirarte en el espejo —rio—. Creo que te hemos dejado en el guardarropa demasiado tiempo. Ven, vamos a tomar un té de azahar y unos cruasanes en el jardín. Las chicas nos están esperando.

Louise recordó su aventura en el *Titanic* como la señorita Alice Baxter y pensó que mientras la chica siguiera en la habitación, posiblemente era mejor no mirarse en el espejo.

De su última experiencia había aprendido que su reflejo en el espejo era lo único que delataba su verdadera identidad a ojos de los demás.

—Mmm. Vale. Lo del jardín suena muy bien —convino Louise, más confundida que nunca.

—Oh, querida Gabrielle, tu vestido está hecho un asco. ¿Por qué no te pones uno de estos?

La chica le tendió un vestido para el té azul lavanda claro de gasa vaporosa y muselina fruncida, que sacó del suelo del armario ropero.

Claramente, la chica la confundía con otra llamada Gabrielle. Louise se miró el vestido azul, que era una maraña de arrugas y llevaba medio descolgado del hombro, y comprendió que era una versión completamente nueva e impresionante del que se había probado a escondidas en la tienda *vintage*. El vestido era el mismo sin duda, pero el corpiño estaba muy torcido y la tela, con un tono mucho más brillante que en la tienda *vintage*, se había arrugado sobremanera por haber estado agachada en el ropero.

—Este será perfecto. El otro estilo era demasiado rígido, en cualquier caso. Estoy empezando a hartarme de tanta formalidad y me propongo prohibir los corsés en el Petit Trianon para siempre —dijo la sociable chica, entornando los ojos como cualquier otra adolescente del siglo XXI.

«Un momento, ¿Petit qué? ¿Dónde estaba exactamente?» Dondequiera que estuviese, le parecía mucho más alucinante que un viaje a Francia con su clase, pensó Louise mirando la habitación decorada con confidentes y banquetas tapizadas en seda rosa y mesas de mármol. Había un arpa grande y dorada en el centro de la estancia, cerca de un atril con partituras, como si acabase de terminar una clase.

—Ve a cambiarte, te espero —ordenó la chica, despojándola del resto de su vestido azul.

Luego condujo a una incómoda Louise, que solo llevaba puesta una prenda interior rígida y anticuada, hacia un biombo profusamente decorado, con flores y colibríes delicadamente estampados y pintados.

No quería separarse del vestido mágico, pero no parecía tener otra elección. Algo en el tono mandón de la chica le decía que no estaba acostumbrada a recibir un no por respuesta. Louise tramó rápidamente que escondería el vestido en el guardarropa, debajo de los otros, para así tenerlo siempre localizado. De este modo podría volver a su vida cotidiana en Connecticut cuando ella quisiera, ahora que sabía que la magia yacía en el tejido del vestido *vintage*. Así funcionaba, o eso esperaba, pensó temerosa, porque estaba muy lejos de casa; no cabía la menor duda.

—Es un palacio precioso —comentó Louise del otro lado del biombo con afán de obtener una clave para ubicarse, mientras luchaba por desatarse el corsé color crema.

—¿Palacio? Esta es mi casa de juguete, boba —dijo la chica

soltando una risita—. ¿Ya estás lista? Vamos a que te dé un poco el aire. Estos corsés están afectando el riego sanguíneo de tu cerebro. Ojalá pudiésemos ir siempre con nuestros vestidos para el té.

Pensándolo bien, si esto era lo que consideraban aquí una casa de juguete, Louise ya no quería volver nunca a su hogar. Era el sitio más increíble que había visto en su vida, donde incluso los pomos parecían de oro. Esa chica debía de tener dinero a raudales.

De pequeña, Louise había diseñado planos detallados de su casa de juguete soñada. Tenía una rosaleda, pasajes secretos, un tobogán y un salón de té. Había enseñado estos planos a su padre, quien dijo que pondría a alguien a trabajar en ellos de inmediato. Louise no entendió que solo estaba bromeando con algo que ella tomaba muy en serio. Al parecer, cuando la chica que acababa de conocer pidió una casa de juguete, la escucharon. La tomaron en serio aunque solo fuese una adolescente, y le construyeron la casa de juguete más fabulosa del mundo, que superaba con creces incluso los hogares de muchas personas, mientras que Louise tuvo que conformarse con construirse un fuerte con sábanas y cajas de cartón dentro de su armario ropero y servir el té a sus muñecas Barbie.

—¿Alteza?

Una mujer con un uniforme color rojo y plata y delantal blanco almidonado que debía de ser una criada entró desviando la mirada y haciendo una reverencia.

—Oui? —respondió la chica con indiferencia.

«¿Esta chica ha respondido a "Alteza"? Debe de ser una princesa.» Eso significaba que Louise se codeaba con la realeza. ¡Formidable!

—El té está servido.

CAPÍTULO 14

—*Pardonnez-moi*. Acaba de llegar esto de vuestra madre, desde Austria.

Otra criada uniformada de rojo había entrado en la estancia y con una leve reverencia tendió a la chica del tocado-colmena un grueso sobre blanco en una bandeja de plata de ley, que ella cogió y rasgó sin cuidado. La chica se sentó en un confidente tapizado de rosa, concentrándose atentamente en las palabras, siguiendo con el dedo las letras una por una, como si leer fuese un gran reto para ella. Cuando la princesa llegó poco a poco al final de la hoja, Louise vio que le corrían lágrimas por el rabillo de sus acuosos ojos azul grisáceo. De repente tiró la carta en un arrebato y salió corriendo de la habitación.

«¿Qué ha pasado?», se preguntó Louise, cogiendo a hurtadillas el pergamino mojado de lágrimas que yacía en la alfombra bordada.

Leyó a toda prisa la carta escrita a la chica con una gruesa caligrafía en tinta negra, por lo visto de su madre.

Mi queridísima hija:

No descuides tu aspecto... No puedo advertirte lo suficiente de que no incurras en los mismos errores que los miembros de la familia real francesa últimamente. Serán virtuosos y buenos, pero han olvidado cómo aparecer en público, cómo marcar la pauta para el país... Por lo tanto, te ruego, como tu tierna madre y como tu amiga, que no des más muestras de despreocupación respecto de tu apariencia o del protocolo en la corte. Si haces caso omiso a mi advertencia lo lamentarás, pero ya será demasiado tarde. Solo en este punto no debes seguir el ejemplo de tu familia francesa. Ahora depende de ti marcar la pauta en Versalles.

¡Caray! Este no era exactamente el mensaje más maternal o comprensivo que podía escribirle su «tierna madre». Se supone que esta chica joven debía marcar la pauta... en Versalles. ¿A través de sus elecciones indumentarias? Louise se sintió bastante agradecida. Puede que su madre se lo pusiese difícil a veces, pero ¡esto otro sonaba casi como una amenaza! ¿Por qué le escribía cartas, para empezar? ¿No vivía con ella? Un momento, ¿la clase de la señorita Morris no trató sobre Versalles? La mente de Louise corría a mil por hora. La chica parecía demasiado joven como para vivir fuera de su casa, aunque a lo mejor era lo más conveniente, puesto que esa mujer parecía una madrastra malvada.

Louise dejó discretamente la carta en el confidente de terciopelo rosa y salió de la estancia para ir en busca de la princesa. Quizá pudiese consolarla. Al pasar a un magnífico vestíbulo de azulejos blancos y negros a Louise se le cortó la respiración; justo enfrente, un espejo abovedado y dorado pendía sobre la mesa de teca en la pared opuesta. No quería mirarse, pero no pudo evitarlo. Era como si un campo magnético la atrajese hasta él. Despacio, Louise avanzó para ver su reflejo.

Ya se lo esperaba, pero aun así fue discordante. Se vio enfrentada de inmediato a la imagen de su yo de doce años, sonriendo tímidamente al otro lado del espejo, con el pelo crespo, etcétera, engalanada en un fastuoso vestido violeta. El ver que el espejo empañado le devolvía su rostro de costumbre con el aparato dental resultó a un tiempo reconfortante y deprimente. No había tenido tiempo de olvidar su viejo yo, y se volvió rápidamente para asegurarse de que nadie más la veía.

Louise se apresuró a cruzar las lujosas puertas dobles, huyendo de su reflejo en el espejo, y descubrió que estaba en un precioso jardín, como un sitio salido de un cuento de hadas. Había una mesa redonda con delicados platos y tazas de loza rosa, y un jarrón de porcelana con lirios blancos recién cortados y fragantes lilas violetas. Había fuentes de bollos con pasas y tarros de reluciente mermelada roja distribuidos por el mantel de lino blanco. Pequeñas abejas amarillas revoloteaban alrededor de la gelatina dulce de frambuesa roja.

Ya había dos damas sentadas a la mesa. Una de las chicas parecía tener la edad de Louise, con la tez pálida, tiernos ojos azules y cabello rubio oro con un peinado más discreto que el de la princesa, parcialmente oculto por un sombrero de paja de ala ancha. Llevaba un vestido de muselina similar al de Louise, pero de color verde claro. La otra mujer era mucho mayor, con el pelo castaño apagado y severos ojos grises, y vestía un traje rígido beis de manga larga. Era de complexión corpulenta y sus muñecas, apretadas por las mangas, parecían salchichas embutidas en un forro de seda. Tal vez era la carabina o algo así.

Louise se toqueteó el pelo instintivamente, pues empezaba a picarle, y le sorprendió notar que también llevaba una pila de pelo tieso por peinado. Metió la mano dentro y sacó una ramita que llevaba clavada. ¿Para qué se suponía que estaba ahí? A juzgar por la textura apelmazada y áspera de su pelo, Louise pensó que no quería saber cuándo había sido la última vez que la tal Gabrielle se lo había lavado.

—*Macaroon* la ha encontrado… ¡en el guardarropa! —exclamó la princesa, acercándose a la mesa y secándose la última lágrima de las mejillas, mientras soltaba al perro descuidadamente en la hierba, cerca de otros perritos blancos y marrones que ladraban y brincaban alrededor de ellas—. ¿A que es inteligente? Me gustan los buenos juegos, juguemos otra vez después del té.

Un cabritillo solitario apareció en el claro y la princesa le alcanzó una galletita de la mesa, que devoró con avidez, lamiendo los restos de su mano desnuda mientras ella soltaba risitas.

—Maravilloso —asintió la chica rubia, aplaudiendo satisfecha.

Louise sonrió, intentando actuar como si no estuviese pasando nada fuera de lo normal. Como si este lugar fuera exactamente el lugar donde ella debía estar en teoría. Todas estas chicas tenían perfectamente la edad de ir al instituto, pero les seguía gustando jugar al escondite y tomar el té en el jardín de su enorme casa de juguete con animales de granja de carne y hueso vagando por el idílico cuadro. A lo mejor si Louise se quedaba aquí para siempre no tendría que crecer, después de todo. Podría seguir siendo una niña. Incluso cuando cumpliese los trece.

Aguardaron a que la princesa se sentara para empezar a servir el té humeante y degustar las pastitas.

—Es la casa de juguete más bonita que he visto en mi vida —exclamó Louise, untando con mantequilla un cruasán hojaldrado.

—¿No es preciosa? —suspiró la princesa—. Ojalá pudiésemos quedarnos aquí para siempre. Nunca tengo ganas de volver a Versalles. Como Luis sabía lo mucho que han agotado mi paciencia la etiqueta y las formalidades en palacio, me la ha regalado. En el Petit Trianon puedo ser yo misma.

Louise miró a su alrededor. La mesa estaba colocada en el claro de un precioso jardín que crecía salvaje y exuberante, rodeada de rosas y lirios al borde de un estanque tranquilo y grande, flanqueado en una orilla por una pasarela de madera. Las vacas y las ovejas vagaban pastando hierbajos libremente. Había naranjos en flor y rosales plantados al azar por doquier, pero en cierto modo todo parecía en perfecta armonía. En el camino, una mujer vestida con un traje largo de muselina gris y con un cubo metálico de leche en la mano paseaba una vaca con una cinta de seda azul atada alrededor del cuello a modo de correa. Era como si estuviesen en medio de la campiña inglesa, pero Louise sabía por la carta que estaban en Francia. Todo era incluso demasiado perfecto, como si estuvieran en medio de la idea que uno tiene del campo, como si aquello no pudiese existir de veras en la vida real.

A Louise le llamó la atención un joven y guapo jardinero con una buena mata de pelo castaño ondulado, vestido con calzones bombachos oscuros y chupa, que se dedicaba a podar rosales en el claro con un par de enormes podaderas. El jardinero enseguida apartó la mirada ruborizado, como si no quisiese tener contacto visual con ella. ¿Acaso la tal Gabrielle era poco atractiva, bizca o algo así? Louise intentó no tomárselo como algo muy personal.

—¿Quién es ese? —susurró, señalándolo con la cabeza. Tal vez ya hacía la corte a alguna de las chicas.

Cesaron las risitas y en la mesa reinó un silencio en el que no se oía ni una mosca.

—¿Quién? —preguntó finalmente la princesa, como si no hubiera nadie a tan solo unos pasos de ellas.

—Ese chico de ahí —aclaró—. El que está podando los rosales.

Más silencio. Louise notó que se le encendían las mejillas mientras las chicas la miraban con curiosidad. Luego la mesa estalló en una carcajada, como si hubiese contado el chiste más gracioso del mundo.

—¿No es desternillante?

—Gabrielle tiene un sentido del humor maravilloso —constataron.

Louise agachó la cabeza. No lo pillaba.

—Gabrielle, por favor, ¿puedes pasarle el azúcar a la princesa de Lamballe? —pidió la anfitriona cuando se acallaron las risas, cambiando completamente de tema y pasándole a Louise un delicado azucarero de porcelana blanca del que sobresalía una cucharita en miniatura de plata de ley. «Un momento, ¿no me resulta familiar también el nombre de Lamballe?»

Louise miró a la otra chica y a la mujer sentadas a la mesa, pero ninguna le brindó una clave para saber cuál de los dos tés necesitaba azúcar. ¿Quién era la princesa, Vestido Marrón o Vestido Verde? Gabrielle, que no Louise, debería saber sin duda la respuesta a esta pregunta, pero la verdadera Louise no tenía la clave.

Tras unos momentos de vacilación, le pasó el azúcar a Vestido Marrón, cuyo rígido porte y ademanes altaneros le daban una apariencia un poco más regia, pero esta se lo pasó a su vez a Vestido Verde con una mirada un tanto confusa. Glups. Vestido Verde, la princesa de Lamballe, añadió una cucharada colmada de azúcar al té y miró a Louise:

—Esto sí que es hacer las cosas con rodeos, ¿verdad?

Vestido Marrón le dedicó una larga mirada perpleja. Louise tuvo la sensación de que podía ver directamente a través de ella.

Le dio un sorbo al té de azahar e intentó ignorar la intensa mirada de la mujer mayor, concentrándose en extender mermelada en su pan, como si rellenar cada hueco y grieta con un mejunje rojo fuese la tarea más importante del mundo. Integrarse iba a ser un poco más difícil de lo que había imaginado. A partir de ahora tendría que andarse con mucho más ojo.

De repente hubo una conmoción de cascos de caballos y ladridos de perros. Un grupo de sabuesos beagle, seguidos por cinco hombres a caballo vestidos con redingotes azul marino con grandes botones dorados y adornos de encaje rojos y blancos, asomaron en la entrada del jardín.

Macaroon y otros perros diminutos aullaron con fuerza y fueron a esconderse debajo de la mesa, bajo los largos vestidos de las mujeres. Las otras damas empezaron a reír tontamente y a sonrojarse, y a transformarse básicamente en cabezas huecas lloriqueantes, como si ellos fueran populares jugadores de *lacrosse* de octavo curso que vinieran a sentarse a su mesa del comedor. A Louise le parecieron mayores y no tan guapos como el chico del que se acababa de prendar, el cual desmalezaba los parterres de rodillas no lejos de allí, lo cual ella sabía porque seguía mirándolo por el rabillo del ojo.

—Mi querida esposa —dijo el más gordinflón con una voz sibilante y nasal mientras se quitaba el sombrero de tres picos del que sobresalía una gran pluma blanca que revelaba un peinado muy estilizado, con rizos a ambos lados de la cara y atado por detrás en una gruesa coleta bien prieta con un lazo de seda negro.

«Por favor —rogó Louise en silencio—, que este hombre no esté dirigiéndose a Gabrielle.»

Se sorprendió bastante al oír que la princesa respondía con dulzura:

—*Oui, mon chéri?*

Uauu, esa atractiva adolescente ya estaba casada. «¿Y con este tipo?»

—Sería un honor para mí que os reunierais conmigo en el palacio esta noche a las siete y media. Esperamos la visita de unos distinguidos dignatarios militares suecos y sería mejor que estuvierais presente.

Louise comprendió que el chico se lo estaba pidiendo, pero de un modo que dejaba claro que más le valía ir; algo parecido a lo que ella había experimentado cuando la princesa le había pedido que se cambiase de vestido. Aunque lo hubiese formulado como una pregunta, en verdad no tenía otra elección.

—Por supuesto, nada me complacería más —respondió la princesa cansinamente. Era la única en la mesa que no se había puesto nerviosa con la llegada efectista de los hombres. De hecho, ¿no parecía casi aburrida?—. Estamos deseándolo. Disfrutad de la caza.

Vestido Marrón y la princesa de Lamballe parecían demasiado ocupadas ocultándose coquetamente detrás de sus abanicos y pestañeando a los otros hombres como para percatarse del cambio de humor de la princesa.

—Maravilloso, os veo después —contestó el hombre con su tono sin resuello. El tipo volvió a colocarse con torpeza el anticuado sombrero y estuvo a punto de caer de su caballo marrón moteado en el proceso. Los labios sellados de la princesa dejaron escapar una risita.

Louise se mordió el labio, preguntándose con qué familia real francesa tan peculiar estaría almorzando.

Tras este incómodo espectáculo, él y el resto de su grupo de caza se perdieron en el bosque en medio de una nube de polvo y la cacofonía de los ladridos caninos.

CAPÍTULO 15

—Supongo que tengo que prepararme para recibir a la corte extranjera. Tendremos que posponer todos los juegos hasta mañana —anunció la princesa en un tono sombrío que sonó como si se estuviera preparando para un funeral y no para una fiesta. El sol brillaba bien alto en el cielo despejado y parecía ser media tarde. ¿No era la fiesta por la noche? ¿Cuánto tiempo necesitaba para arreglarse?

—Deja que te acompañe —se ofreció entusiasmada la princesa de Lamballe, levantándose. Parecía que cualquier excusa era buena para estar a su disposición. Bajo la amplia ala de su pamela, Louise pudo distinguir sus sonrosadas mejillas y su sonrisa natural. La princesa de Lamballe se alisó el vestido de gasa verde primavera y las dos chicas se abrazaron como si fueran mejores amigas.

—*Merci beaucoup*, corazón. Gabrielle y Madame Adelaide, nos vemos esta tarde a las siete y media. Por favor, no os retraséis —dijo «*au revoir*» a Louise y a la otra mujer que, por lo visto, se llamaba Adelaide. Louise estaba invitada a una fiesta de etiqueta con la realeza y varios dignatarios extranjeros. ¿No era increíble? En el plazo de unas horas, y posiblemente de unos siglos, su vida social era mucho más emocionante.

Las chicas salieron del jardín con *Macaroon* y los otros perritos que les seguían fielmente el rastro. Louise se dio cuenta de que ahora estaba sentada sola a la mesa con esa otra mujer que, bien mirado, era lo bastante mayor como para ser su madre. Observaba a Louise de tal modo que la chica pensó que se le había quedado un trozo de espinaca entre los dientes, o algo así.

—Creo que yo también debería irme —anunció Louise finalmente, pues se sentía incómoda bajo la mirada silenciosa y penetrante de su acompañante. Empezó a recoger los platos con las migajas para quitar la mesa, una costumbre arraigada en ella de su otra vida, donde las madres esperan que sus hijos hagan este tipo de cosas, pero se detuvo bruscamente al ver la torre de tazas de té, comprendiendo que si estaba en un palacio, seguramente ya habría quien se ocupase de eso en su lugar.

En ese preciso momento la mujer con el delantal que había anunciado la hora del té poco antes salió de la casa de juguete con una bandeja de plata de ley grande y vacía y un paño de cocina blanco almidonado sobre un brazo, seguida de tres mujeres más con uniformes escarlata y plateados a juego. Quienquiera que fuese esta Gabrielle, desde luego los platos no eran competencia suya. En adelante, Louise tendría que recordar que no le tocaba encargarse de los platos ni, probablemente, de ninguna otra tarea. «Guay», podría acostumbrarse a ello.

—Vayamos juntas, nuestros apartamentos están juntos. Es lo más conveniente.

¡Arrgg, genial! Nunca podría deshacerse de aquella mujer. Por otra parte, razonó Louise, estaba bien que alguien la llevase a los aposentos de Gabrielle, pues no tenía ni la más remota idea de cómo llegar. A juzgar por la enormidad de los jardines, podría pasarse todo el día caminando por ellos sin rumbo, y no quería perderse la fiesta ni por lo más remoto.

—La delfina siempre tiene muy buen aspecto, ¿verdad? —preguntó Madame Adelaide al cerrar la alta puerta de hierro y oro que daba acceso a la imponente casa de juguete a sus espaldas. Pasearon juntas por los magníficos jardines.

«¿La delfina? ¿Qué o quién era eso?» Louise supuso que se refería a la princesa.

—Sí, lo tiene —convino con entusiasmo.

—Es una pena que no pueda durar siempre —constató Adelaide enigmáticamente, mirando de soslayo a Louise como para medir su reacción.

—Sí, lo es —volvió a asentir Louise, a falta de tener algo mejor que decir. ¿A qué se refería? No tenía ningunas ganas de charlar con esta mujer por temor a decir algo erróneo y, además, el fabuloso paisaje por el que paseaban la tenía fascinada.

Louise respiró profundamente el aire fresco con aroma a madreselva y lilas. Estos jardines no tenían parangón con ninguno de los que había visto antes. Obedecían a un orden mucho más riguroso que la sensación de caserío descuidado y silvestre del Petit Trianon. Las hileras de árboles estaban dispuestas en nítidas figuras geométricas. Caminaron lentamente por un amplio sendero de guijarros blancos flanqueado por una vasta alfombra de césped recortado con esmero, pasando por delante de docenas de estatuas y urnas de reluciente mármol, figuras perfectamente talladas más propias de un museo que de un jardín. Cada pocos metros había bancos marmóreos jalonando los senderos bajo los álamos, para que el paseante pudiese sentarse a la sombra y admirar los arriates de florecientes rosas y jazmines que bordeaban los estanques, llamados «espejos de agua». Louise escuchaba el gorjeo de los pájaros cantores y del agua que manaba a borbotones de las numerosas fuentes. Se oyó un leve crujido entre los setos y la chica creyó vislumbrar al mismo jardinero guapo que se escondía detrás de un arbusto. Desde luego, no le importaba volver a toparse con él. Quizá él tuviese una idea de quién era exactamente Louise, o mejor dicho Gabrielle.

Al fin llegaron a dos enormes estanques rectangulares, más grandes que cualquier piscina olímpica en la que Louise hubiese nadado nunca (aunque, como era obvio, su función era más decorativa que práctica). Cuatro estatuas de bronce que encarnaban a personajes mitológicos adornaban las esquinas de cada estanque. El sol de la tarde reflejado en cada cuerpo de agua era casi cegador. Louise se cubrió los ojos con la mano y poco a poco la apartó para contemplar el palacio más magnífico que jamás había visto.

Oyó como su acompañante contenía bruscamente el aliento, en apariencia también sobrecogida ante tanta belleza, aunque, a diferencia de Louise, habría visto aquel espectáculo un centenar de veces como mínimo.

—Versalles —suspiró Adelaide—. ¿No es la visión más increíble del mundo?

«¿Dónde he oído este nombre antes?», se preguntó de nuevo Louise. Era la construcción más grande e imponente que había visto en su vida. El grandioso castillo de piedra caliza parecía extenderse en ambas direcciones hasta el infinito. Enormes ventanas acristaladas y ojivales color oro con majestuosas terrazas flanqueadas por minuciosas columnas de mármol y estatuas clásicas se sucedían en los niveles superiores e inferiores. Guardas uniformados vigilaban con cien ojos en todo el perímetro del edificio.

Louise, boquiabierta, miró el edificio como si intentase captar toda su grandeza y belleza a través de sus labios abiertos.

—Oh, sí —contestó finalmente—. Esto bien ha valido el viaje.

CAPÍTULO 16

Louise intentaba no quedarse atrás mientras Adelaide avanzaba rauda por el amplio vestíbulo de mármol que conducía al ala del palacio donde se alojaban, al tiempo que trataba de mirar los techos pintados al fresco, los detalles de las recargadas paredes y las gigantescas pinturas al óleo. Las enormes dimensiones de las salas y la impresionante colección de arte que cubría cada hueco disponible le daban la sensación de estar paseando por el Museo Metropolitano de Nueva York. De improviso, Madame Adelaide se excusó diciendo que debía de haber olvidado sus guantes de seda favoritos en el Petit Trianon. Debían de ser unos guantes muy especiales, puesto que el largo paseo les había llevado casi una hora.

Louise quería explorar el palacio antes de la fiesta que daban esa noche. O sea, estaba viviendo en un castillo de Francia; ¿cómo no iba a darse una vuelta por él? Torció en dirección opuesta a por donde había desaparecido la mujer mayor y fue a parar a un vestíbulo abovedado, de azulejos blancos y negros, amplio y desierto; sus anticuadas chinelas violetas de tacón resonaban con un chasquido satisfactorio en el suelo de mármol. Jalonaban un extremo del vestíbulo unos elegantes ventanales ojivales de seis metros de alto, que dejaban al descubierto una terraza de piedra caliza con unas vistas espectaculares a los preciosos y cuidados jardines.

Louise casi tropieza con un grupo de perritos falderos que la adelantaron emitiendo gañidos y corriendo veloces por el suelo resbaladizo: iban persiguiendo un gato persa blanco y peludo que brincaba por la galería decorada con pan de oro. Louise se pellizcó la nariz. Empezaba a sentirse un poco mareada. El lugar desprendía un aroma penetrante único: una combinación de polvos de talco, azahar y caca de perro. Parecía a un tiempo el lugar más lujoso y sucio que jamás había visitado.

Echó una ojeada en la primera habitación que tenía a su derecha, pues habían dejado despreocupadamente la puerta un poco entornada. Era tan alta que Louise apenas llegaba al pomo chapado en oro. Empezaba a sentirse como un personaje de *Alicia en el país de las maravillas*. La estancia estaba enlucida con un recargado papel de motivos florales con viñedos, ramos de lirios y plumas de pavo real a juego con el diseño bordado de la colcha de la cama y la cabecera forrada de tela. Un busto de la princesa se exponía muy a la vista en la repisa de la decorada chimenea, debajo de una pintura al óleo de un hombre peinado al estilo George Washington con uniforme rojo y azul marino y botones dorados, a quien Louise no reconoció. Dos candelabros de cristal pendían a baja altura de unas pesadas cadenas doradas que colgaban del techo pintado al óleo. Había un armario joyero de caoba estilo neoclásico en una pared, a la derecha del perfil casi imperceptible de una portezuela prácticamente camuflada por el papel pintado. Louise tendría que acordarse de esta salida secreta si jugaban alguna vez al escondite en el palacio.

Le sorprendió ver a la delfina, que significaba «princesa» como había deducido, descalza sobre el brillante suelo de madera noble, en medio de la imponente estancia, con una fina enagua de seda color melocotón por única prenda. Se protegía el cuerpo con los brazos cruzados y estaba rodeada por otras diez mujeres como mínimo, incluida la princesa de Lamballe, a quien Louise reconoció de buenas a primeras por su vestido verde menta, si bien su sombrero de paja ya no velaba su cara redonda y querúbica. A diferencia de la delfina, las demás mujeres vestían de largo, con amplios miriñaques y entallados corpiños. Aunque no le cubría el cuerpo más que una camisa, ya le habían cardado la rubia melena cenicienta en forma de torre, decorado con peinetas con centelleantes piedras preciosas incrustadas y plumas, y pintado las mejillas con dos círculos de colorete rojo vivo. Louise contuvo un estornudo cuando un asfixiante olorcillo a polvos y a perfume de flores le cosquilleó la nariz. Una de las mujeres ayudaba a la delfina a ponerse un intrincado corsé, y ya otra dama se disponía a atárselo firmemente por la espalda. Era como si cada asistenta cumpliese una función específica. Todo obedecía a una coreografía y una organización perfectas, como si realizasen este ritual a diario. La princesa de Lamballe esperaba con un lujoso vestido rojo la aprobación de la delfina. Louise recordó como un fogonazo el extraño sueño que había tenido una noche reciente, el de las mujeres vestidas a la antigua que le daban un precioso vestido de seda azul. Las dos escenas tenían algo en común. ¡Quizás aquel sueño loco había sido una premonición de su nueva aventura en el tiempo!

—*Excusez-moi.*

Louise volvió de súbito a su realidad actual cuando una mujer alta y mayor con un sombrero negro de plumas y una nariz de garfio que vestía una capa oscura de terciopelo la empujó al pasar con brío y entró en la habitación sin molestarse en cerrar las puertas dobles a sus espaldas.

Todo el proceso se paralizó al instante. La princesa saludó con una leve inclinación de cabeza a la recién llegada, que se quitaba la capa sin prisas. La princesa de Lamballe volvió a colgar en su percha acolchada el vestido de amapolas oscuras con su enorme miriñaque y se lo tendió con un gesto de deferencia a la mujer mayor mientras que la trémula delfina, que seguía casi desnuda, y a todas luces congelada, lo observaba todo con impotencia. Finalmente, tras quitarse con parsimonia sus guantes largos de montar de piel marrón, la alta mujer mayor con el sombrero negro de plumas la ayudó a encajarse el rígido vestido y se lo abotonó despacio por la espalda. A continuación, la princesa de Lamballe le ató la larga cola de seda roja. Tenía un aspecto completamente extravagante. Con razón había empezado a vestirse para la cena a media tarde. Según quien decidiese aparecer en la alcoba, ¡el proceso podía durar todo el día!

—Me pongo colorete y me lavo las manos delante del mundo entero —dijo la delfina en voz baja. Nadie contestó.

Louise se sintió triste de repente. No concebía que fuera posible compadecerse de una princesa con una casa de juguete de fábula que vivía en un palacio real, pero tampoco concebía que tuviera que vestirse a diario ante una audiencia y no poder sacar ella misma la ropa de la percha. La carta de su madre dejaba claro que la tradición cortesana y la etiqueta la forzaban a una impotencia total. Pese a estar en una habitación llena de gente, parecía sumisa y más sola que la una.

—¿Puede cerrar alguien la puerta, por favor? Hace una corriente espantosa —ordenó enfadada la princesa.

La alta puerta con incrustaciones de marfil se cerró de un portazo seco y Louise se quedó al otro lado de la puerta cerrada. Se aupó de puntillas y recorrió con la mano la talla de oro del entrepaño superior, rozando las líneas con la punta de los dedos. En mitad del dibujo comprendió que no era un diseño abstracto, sino un monograma. Retrocedió para tener más perspectiva y vio las letras *MA* plasmadas con una escritura elegante y elaborada. Eso también le resultaba familiar. ¿Esta habitación pertenecía a una «MA»? Versalles, palacio, palabras francesas… Uauu. ¡¿Esta habitación de Versalles pertenecía a MA?!

Solo sabía de una mujer que hubiese vivido en Versalles. Un personaje tristemente conocido sobre el cual su divertida profesora, la señorita Morris, intentaba aleccionar a la clase hacía solo unos días. Pero no tenía ningún sentido. El palacio era tan adorable, y la delfina no era una mujer adulta con la que hubiese degustado un té. Seguramente apenas tenía unos años más que Louise, no más de catorce en cualquier caso. ¿Cómo podía la futura reina de Francia, la esposa del rey Luis XVI, ser solo… una adolescente?

Oh, Dios mío. Tenía que ser… MA: María Antonieta. Y conservaba la cabeza.

CAPÍTULO 17

Louise se alejó rápidamente de la habitación donde, casi a buen seguro, la mujer más famosa de la historia de Francia había estado solo a unos pasos de ella, muerta de frío en enaguas y corsé, esperando a que su corte real la vistiera. ¡Con la puerta abierta!

Se apresuró conmocionada por el pasillo hacia su nuevo aposento, con sus zapatos de extravagantes tacones resonando en el vestíbulo desierto. «¿Podía ser ella de verdad?» ¿Era Louise o, mejor dicho, Gabrielle, una dama al servicio de María Antonieta en su círculo más íntimo? Pero esta María Antonieta no era como la había imaginado en la clase de historia de la señorita Morris. Solo era una chica, una joven adolescente con un cachorro monísimo que disfrutaba jugando al escondite e invitando a sus amigas al té en su casa de juguete. Era alguien que, en muchos aspectos, parecía igualita que Louise. De inmediato se le vinieron a la mente las horripilantes historias sobre la Revolución francesa y el violento final de la familia real con las que su profesora, generalmente aburrida, había impresionado a sus alumnos. Este Versalles se le antojaba todo lo contrario, algo verdaderamente idílico y hermoso. No tenía ningún sentido. Era como si nada malo pudiera pasar aquí.

Al girar el pomo chapado en oro de su nueva morada, Louise rezó una pequeña oración en silencio para no encontrar a un séquito aguardando a Gabrielle para vestirla. Eso sería muy embarazoso, aunque no le vendría nada mal una mano con el corsé; parecía bastante complicado. Y ahora que lo pensaba, ¿cómo diablos se suponía que iba a arreglarse ella sola el pelo? ¡Pero si algunos días apenas podía hacerse bien la coleta!

Entró con cautela en la habitación empapelada con motivos florales rosa y dorados y revestimiento de madera blanca, y se encontró con dos sirvientas con uniformes a juego de color blanco, azul claro y rojo (más regios y formales que los uniformes de las criadas en el Petit Trianon) que aseaban la estancia y esperaban el regreso de Louise, ejem…, de Gabrielle. No estaban solas. La mujer que había conocido durante el té en el jardín —la de más edad, con el vestido marrón claro de mangas largas que le había lanzado miradas asesinas todo el tiempo— también estaba allí… ¡y se acercaba al ropero de Gabrielle! ¿Pensaba robarle?

—Disculpa —interrumpió Louise, aclarándose la garganta. Adelaide se volvió, aparentemente sorprendida de verla también, lo cual era extraño porque estaba en la habitación de Gabrielle—. ¿Estás buscando algo?

Las camareras, muy ocupadas planchando la cola de un elegante vestido de satén verde esmeralda en el otro extremo de la estancia, no parecían prestar la menor atención a su conversación. Se volvieron un instante para mirar a Louise con curiosidad y luego siguieron desfrunciendo los frunces de la crinolina. Como si fueran guardas de seguridad.

Su intrusa cerró inmediatamente el armario ropero decorado con el arte del *découpage*, recobró la serenidad y avanzó sin rodeos hacia Louise.

—*Pardonnez-moi*, pensé que acaso habías cogido prestados mis guantes de seda favoritos para la noche. He sido incapaz de encontrarlos por más que los he buscado. Supongo que estaba equivocada —replicó Adelaide a la defensiva.

—Supongo que sí —respondió Louise tímidamente. Por alguna razón, tenía la acuciante sospecha de que esta mujer le mentía. Pero ¿por qué? ¿Qué esperaba encontrar en el armario de Gabrielle? Además, tenía la sensación de que Adelaide había hablado tan deprisa que los guantes de noche no eran lo que buscaba realmente.

—Deberías arreglarte para esta noche —ordenó Adelaide, juzgando a Louise con la mirada—. Ya casi ha anochecido y todavía no te has hecho el *pouf*. ¿Por qué tenía Louise la súbita sensación de estar atrapada en la película *Chicas malas*, edición Versalles? La altiva dama hizo una leve reverencia y salió rauda de la habitación sin mirar atrás.

CAPÍTULO 18

En cuanto la sorprendida visitante salió de la estancia, las sirvientas se precipitaron hacia Louise con los brazos llenos de finas prendas cosidas a mano y algunos productos de belleza de aspecto medieval. Antes de comprender lo que estaba pasando, Louise se vio despojada de su vestido azul lavanda para el té y envuelta en una bata blanca como una elegante momia parisina. Una de las criadas, de la altura de Louise pero con un generoso pecho de matrona, se subió a un taburete escalón de madera y atacó su elevado pelo castaño con unas tenacillas de rizar humeantes que debía de haber calentado en un fogón, ya que obviamente no había electricidad en esa época. La otra criada, flaca y desgarbada, se puso de puntillas, cubrió todo el embrollo con pegotes de pomada grasienta y después despachó una lluvia de polvos blancos que olían como harina de repostería —y tal vez lo eran— en la coronilla de Louise. ¿Cuánto medía exactamente su tocado? Louise pensó que debía de parecerse un poco a Marge Simpson después de un accidente de cocina, pero vestida de época. Luego las mujeres salpicaron toda la creación con al menos unas cien horquillas con un diamante en la punta, que sacaron de los bolsillos de sus delantales.

—¡Aaaachís! —estornudó Louise con muchísima fuerza, casi escaldándose la frente con el instrumento de acero candente en mitad del proceso.

La criada que dispensaba los polvos que hacían estornudar cogió un tarro dorado de colorete tamaño extra del tocador y lo que parecía ser una brocha de maquillaje para la crin de un caballo, y dibujó dos círculos redondos perfectos en las mejillas ya empolvadas de Louise. Esta empezaba a creer seriamente que «menos es más» debía de ser un concepto moderno.

Una vez finalizada la sesión de peluquería y maquillaje, las criadas dejaron a Louise sola un momento para reunir las prendas adecuadas, brindándole varios minutos más para apreciar su nueva y fabulosa habitación. El cuarto tenía pocos muebles, y cada silla y taburete escalón, tallados con mil florituras, estaban tapizados con el mismo brocado rosa y dorado de las paredes y las pesadas cortinas echadas de las altas ventanas. Había un tocador en la pared opuesta con un gran armario joyero de ébano cuyos brillantes tesoros estaban desparramados sobre el cristal, y una cama con dosel y forma de cúpula sobre una plataforma baja forrada con un tapiz a juego.

Louise descubrió sobre la repisa de la chimenea un cuadro al óleo con un recargado marco de una mujer sentada a una mesa con las manos cruzadas. La mujer posaba con naturalidad con un vestido de muselina blanca y un corpiño fruncido con un escotado cuello de pico, sonriendo dulcemente al artista. Llevaba un sombrero blando de paja con una cinta azul y unas flores silvestres atadas al ala que velaban parcialmente sus cabellos castaños oscuros, que le caían en tirabuzones sueltos a ambos lados de la cara. Contrarrestaban su níveo cutis unos ojos marcadamente violáceos (y sin ninguna duda, eran tiempos previos a las lentes de contacto a color.) ¡Esa mujer tenía que ser Gabrielle! Louise estaba flipada; si este retrato era una señal, ahora Louise era innegablemente guapísima.

Antes de tener tiempo de disfrutar de su belleza recién descubierta, aparecieron las dos estilistas con el odioso corsé. Si Louise ya se había sentido físicamente limitada cuando la vistieron como la señorita Alice Baxter en 1912 a bordo del *Titanic*, lo de ahora era todo un nuevo y desafortunado nivel de incomodidad. Al parecer, cuanto más atrás viajaba en el tiempo, más dolores y limitaciones sufrían las mujeres. Literalmente. Para cuando las criadas terminaron de atarle el cuerpo armado con «ballenas» encima de su fina camisa (sí, estaba hecho de «ballenas» o varillas de mimbre, como había preguntado), Louise ya veía las estrellas, y no de manera positiva. Luego le ataron alrededor del cuerpo algo que parecía un salvavidas y que duplicaba su contorno para que los pliegues del vestido pudiesen caer adecuadamente. Por qué motivo la embutían en eso que, en última instancia, le proporcionaba un trasero que habría hecho que Kim Kardashian pareciese poquita cosa a su lado era algo que escapaba a su entendimiento.

—No… no puedo respirar… —dijo con voz entrecortada. Pensó que existía la posibilidad real de que fuera a desmayarse allí mismo, encima de la alfombra bordada. No obstante, para dolor y perplejidad de Louise, las dos mujeres uniformadas intentaron reprimir sin éxito una risita. Como si no respirar suficiente oxígeno y perder posiblemente el conocimiento por mor de una cintura de avispa fuese alguna suerte de broma.

Si toda aquella tortura tenía alguna recompensa, decididamente llegó bajo la forma del vestido de noche verde más espléndido que Louise había contemplado en su vida. El vestido se componía de tres piezas separadas de fina seda color esmeralda: un corpiño armado, un miriñaque enorme, y una amplia y larga cola. Decoraban el vestido tiras fruncidas de seda dorada, trenzadas por delante y por detrás de todo el corpiño. Cubrían los volantes de las mangas ramitos de flores de seda y tafetán con pequeños pétalos y hojas de color jade, todo claramente cosido a mano.

La parte principal del vestido caía lentamente y de forma espectacular sobre el cuerpo encorsetado de Louise como la cortina de un escenario la noche del estreno. Al pasar los dedos por el lujoso tejido y sus intrincados detalles, todas las inseguridades propias de sus doce años que con demasiada frecuencia dominaban endiabladamente su pensamiento —demasiado flaca, demasiado plana de pecho, demasiado bajita, demasiado rarita— se esfumaron por completo. Le estaban brindando la oportunidad de empezar de cero. Por primera vez desde su experiencia pasada como la señorita Baxter,

Louise se sintió como una auténtica diva. Alzó la vista hacia el retrato enmarcado de Gabrielle, que superaba el tamaño natural y la miraba desde lo alto, y se sintió protegida por aquella extraña y conectada con ella. Por alguna razón la habían elegido para esto.

Ahora estaba lista para acudir a esa fiesta.

CAPÍTULO 19

Después de tres intentos por salir de la estancia, Louise descubrió torpemente que tenía que ponerse de lado para pasar por la puerta con su polisón de seda esmeralda intacto. De nuevo escuchó las risitas ahogadas de sus dos camareras y presintió que le esperaba una noche larga.

Abarrotaba el amplio vestíbulo abovedado una ruidosa multitud de cientos de invitadas vestidas formalmente, todas ellas ataviadas con variaciones de distintos colores del elegante y elaborado traje de Louise.

El sol se estaba poniendo y la luz anaranjada se filtraba perezosamente por los altos ventanales acristalados. Una fila deslumbrante de candelabros de cristal centelleantes, colgados de cadenas forradas de terciopelo rojo, brillaban ahora con cientos de velas de cera titilantes.

Los caballeros vestían pantalones de montar en colores oscuros que les llegaban hasta las rodillas, donde se topaban con calcetines de seda blanca brillantes. Todos llevaban casacas de seda hasta la rodilla, negras o azul marino, sobre unas chaquetas a juego con minuciosos bordados debajo del pecho, camisas de lino con volantes y cabellos empolvados —o pelucas quizá— recogidos hacia atrás en coletas con lazos de seda oscura. Sus zapatos de piel eran de tacón alto y se ataban con hebillas o cintas. Pero ellos parecían insignificantes al lado de sus acompañantes femeninas, cuyas ricas faldas abullonadas de tonalidades de piedras preciosas moradas, azul zafiro o rojo rubí y extravagantes tocados ocupaban buena parte del espacio del magnífico salón.

Louise se dejó llevar por la corriente de personas que parloteaban al unísono. Alguien sabría forzosamente adónde iban. Notó que su zapato bordado en plata pisaba la cola de la mujer que tenía delante, la cual se volvió y le puso mala cara.

—Mirad por donde vais —gorjeó irritada.

Esto iba a ser todo un reto para Louise, pues generalmente ya tenía bastantes problemas para no tropezar en su vida normal, sin tener que preocuparse de pisar las larguísimas colas de seda que todas las mujeres parecían arrastrar.

—Mi querida Gabrielle —interpeló una voz cantarina a sus espaldas, mientras un brazo enguantado en seda rosa agarraba distinguidamente el suyo.

Al darse la vuelta vio a la princesa de Lamballe sonriendo amablemente con sus acuosos y dulces ojos azules. Se había cambiado y llevaba un vestido rosa oscuro con una cinta a juego asomando por su corpiño armado, y un collar de perlas color marfil colgado al cuello con dos vueltas. Unos pasadores adornados con piedras preciosas sujetaban sus rubios cabellos carda-

dos con unos tirabuzones perfectos que le enmarcaban su cara con forma de corazón. Estaba preciosa.

—¿No es una velada deliciosa? —preguntó, como si fuera una noche típica en Versalles.

—Sí, lo es —respondió Louise, sin poder ocultar la gigantesca sonrisa que debía de haberse dibujado en su rostro. En vano intentaba velar la emoción que le producía algo que para esta chica era otra cena elegante más. Pero era muuucho más que una cena elegante, pensó Louise mientras miraba a su alrededor a quienes parecían ser dignatarios extranjeros y damas de sociedad europeas departiendo elegantemente en el pasillo. ¡Algunas de estas personas tenían probablemente capítulos enteros dedicados a ellas en los libros de historia de Louise! Si pudiera convencer a alguno para que escribiese su trabajo de fin de curso…

—Estás maravillosa, como siempre —exclamó la princesa de Lamballe. Y por una vez Louise lo creyó.

Las chicas entraron cogidas del brazo en el comedor real, ahora a rebosar de espectadores.

—¿De dónde sale toda esta gente? —preguntó Louise sin poder evitarlo.

—Pues viven aquí principalmente, porque Versalles está abierto a todo el mundo, como sabes —respondió la princesa, visiblemente sorprendida de que Louise, o mejor dicho Gabrielle, desconociese los mecanismos del palacio—. Por supuesto, los hombres deben ir con sombrero y espada para que les dejen entrar.

—¿En serio? —preguntó Louise sorprendida—. Quiero decir, claro. Ya lo sabía.

Louise pensaba que, teóricamente, un palacio era un espacio privado y exclusivo. Pero, al parecer, la mitad de Francia debía de estar aquí. No concebía a miles de personas haciendo de la Casa Blanca su hogar, o que estuviese abierta a los turistas de paso con el sombrero y la espada requeridos. Sobre todo con la espada.

El comedor también era rarito. La imponente sala tenía suelo de parquet encerado y brillante, paredes color granate y techo de estuco dorado con murales al óleo pintados magistralmente. Por lo visto, en Versalles era tradición que la Corte Real cenase en público.

En el otro extremo de la sala, la mesa de comedor con un amplio mantel blanco estaba servida con dos ornamentados candelabros, fuentes de plata y terrinas para la sopa. María Antonieta y el corpulento y poco atractivo Luis XVI, a quien Louise reconoció de aquella misma tarde, estaban sentados uno al lado del otro en dos butacas idénticas y miraban hacia la sala. Al otro lado de la mesa, las damas de la corte ocupaban unas banquetas de terciopelo burdeos ribeteadas de borlas doradas y dispuestas en semicírculo. El resto de la audiencia permanecía detrás a pocos pasos.

Louise se sintió cohibida comiendo su panecillo de sésamo tostado en una mesa de comedor tan concurrida. No concebía estar sentada en una plataforma cortando sus verduras mientras todo el mundo la miraba boquiabierto. Igual por eso María

Antonieta estaba tan flaca. Igual le resultaba incomodísimo comer delante de tanta gente.

Vio que Luis, con la barbilla babeante de grasa, roía con avidez un muslo de pollo mientras la delfina, como Louise recordó que la llamaban, permanecía sentada a su lado, calladita, sorbiendo de vez en cuando una cucharadita de consomé con su mano enguantada en blanco. Su servilleta seguía claramente doblada junto a su plato. Por el contrario, Luis solo hacía una pausa para engullir de un bocado un huevo duro entero o dar un trago al vino rojo de la copa que le ofrecía otro miembro de la corte real y que le chorreaba por la barbilla. Era como si no percibiese siquiera la presencia de una multitud que lo observaba pasmada a solo unos pasos de distancia. ¿Gozaban estas personas de algún momento de privacidad? ¿O era también la privacidad un concepto moderno? Louise no creyó que el presidente y la primera dama de Estados Unidos estuviesen a gusto con tamaña parafernalia invasora.

Toda una cohorte de damas con coloridos vestidos de satén y grandes polisones aguardaban quietas cual estatuas de mármol el momento de pasarle a María Antonieta un nuevo tenedor o un vaso de agua, si era tal su deseo, lo que raras veces ocurría. Louise percibió que los esposos apenas se dirigían la palabra durante el ágape. Se limitaban a mirar enfrente cual maniquíes en un escaparate de Bloomingdale u otros elegantes almacenes a los que el público observa cautivado.

La princesa de Lamballe, sentada al lado de Louise, contemplaba con admiración a María Antonieta mientras mordisqueaba como un ratoncillo un espárrago verde. Todo era muy raro. Louise necesitaba un poco de aire fresco.

—Deberíamos sentarnos en nuestro sitio, ¿no te parece? —preguntó la princesa señalando dos sillas libres justo enfrente de la delfina.

Al mirar los ojazos azules e inocentes de la mejor amiga de María Antonieta, Louise tuvo un rápido y horripilante *flashback* de la señorita Morris sentada detrás de su pupitre de profesora, refiriendo a su clase cómo la princesa de Lamballe terminaría con la cabeza pinchada en una pica y exhibida por las calles de Francia. «Primero llevaron la cabeza despegada de la pobre princesa de Lamballe a un peluquero para garantizar que todo el mundo, en particular María Antonieta, la reconocería», oyó como afirmaba con voz monótona su profesora como si tal cosa.

—Voy a salir al jardín —respondió Louise, susurrando con voz temblorosa.

La princesa se excusó, se acercó a una banqueta vacía y, adoptando una postura perfecta, se sentó cuidadosamente en ella, arreglándose las infladas faldas de satén rosa oscuro a su alrededor.

Louise empezó a temblar. Esto sencillamente no podía ser. La princesa de Lamballe era básicamente una simple adolescente que intentaba complacer a la chica más popular del colegio. De repente comprendió con un estremecimiento que si Gabrielle era una de las amigas íntimas de María Antonieta, ¡entonces quizá también ella correría el peligro de ver pronto su cabeza en una pica!

Louise quería volver definitivamente a su vida en Connecticut antes de descubrir la respuesta a su futuro y que ya fuese demasiado tarde. Si al menos hubiese hecho los deberes, a lo mejor podría recordar cuándo tuvo lugar exactamente la Revolución francesa. ¡¿Por qué no sabía a estas alturas que debía prestar atención durante las aburridas pero sumamente-importantes-y-ya-decisivas-para-su-vida clases de historia de la señorita Morris?!

Desde luego, esta era una forma muy radical de aprenderse las lecciones. Era preciso trazar un plan y aclararse la cabeza... mientras siguiera teniéndola.

CAPÍTULO 20

Louise salió deprisa del palacio iluminado, descendió a saltitos los bajos escalones blancos sobre los que cabrilleaba la última luz escarlata del atardecer y se adentró en el jardín. Faltaba poco para la puesta de sol y los senderos, por lo general poblados de gente, estaban casi desiertos. Levantó la mano para ensortijarse el pelo, un tic que repetía cuando se ponía nerviosa o simplemente necesitaba pensar, y cayó en la cuenta de que ahora tenía una gruesa caja de detergente de tres metros y medio de alto pegada al cogote. Puaj.

Enfiló por un sendero estrecho. Los cálidos rayos de sol se desparramaban por los blancos guijarros, que emitían un crujido agradable bajo sus tacones, y de improviso se encontró cara a cara con su nuevo amor juvenil.

El jardinero todavía llevaba puesto el uniforme, pero su sombrero de tres picos yacía en el césped junto con sus botas de cuero negro, mientras que, apoyado despreocupadamente en el grueso tronco de un árbol, reía leyendo con atención un periódico. Cuando sonreía le brillaban sus ojos marrones como el café. Louise descubrió un bonito hoyuelo en su mejilla izquierda.

—¿Qué estás leyendo? —le preguntó sonriente, tras recuperar la compostura.

Como tenía la molesta tendencia de adoptar una actitud huraña y tímida cuando había chicos guapos cerca, Louise recordó el hermoso cuadro de Gabrielle y recuperó un poco la confianza en sí misma. Ella era Gabrielle ahora mismo. Al menos por fuera. Intentó arrebatarle el periódico que estaba leyendo.

—¡Na… nada! —tartamudeó el joven, escondiendo rápidamente la hoja de periódico en la espalda.

—¿Qué es eso tan divertido? —volvió a preguntar Louise, ya solo por curiosidad, pues parecía que el intento de ligar no estaba funcionando.

—Nada, Mademoiselle —repitió él, bajando su bronceada cara sonrojada y rechazando una vez más el contacto con los ojos.

Entonces Louise comprendió… ¿La temía a ella? Bueno, a ella no, a Gabrielle. Y lo que fuera que representase. ¿Cómo podía insinuarle que no era realmente aquella mujer sin exponerle la verdad?

—No soy como las demás —dijo por fin vagamente—. Puedes confiar en mí. —Él no dijo nada. Los grillos eran ensordecedores—. ¿Cómo te llamas? —Louise quería arrancarle alguna palabra.

—*Je m'appelle Pierre* —contestó en voz baja.

—Yo soy… Gabrielle —respondió, y deseó por primera vez en aquella locura de viaje volver a ser Louise sin más. Tenía el extraño presentimiento de que a este Pierre le gustaría más la verdadera Louise.

Cuando alzó la vista, Louise pudo ver que sus ojos marrones tenían sutiles motas verdes y, por primera vez, él la miró directamente a los ojos con cierto nerviosismo.

Ella notó que se le encendían las mejillas. Ruborizada, hizo la única ridiculez que se le ocurrió y le quitó el periódico de las manos.

Louise abrió las ahora estrujadas páginas y descubrió una tosca ilustración en blanco y negro que tenía un asombroso parecido con María Antonieta. En el dibujo, la delfina salía maquillada como un payaso y con un peinado exageradamente alto coronado por un barco. El titular solo rezaba: «Madame Déficit».

¿Qué significaba eso? Louise barruntaba que nada bueno, algo así como cuando se pasaban de mano en mano una nota poco afortunada sobre alguien en clase de mates. Intuía que si María Antonieta lo descubría, despedirían al jardinero, o algo peor…

¡Cómo no iba a temerla el chico! Sin duda, Gabrielle era una de las confidentes más cercanas de la princesa.

¿Por qué estaría leyendo algo así? Tal vez era un periódico sensacionalista, como el *National Enquirer* o el *US Weekly* de la Francia del siglo XVIII.

—No sé si lo pillo —admitió finalmente. El jardinero suspiró con alivio—. Pero me gustaría—. Pierre volvió a ponerse tenso—. Por favor, confía en mí —suplicó—. ¿Cómo son las cosas fuera de palacio? ¿Son felices los franceses? Intuía, por su clase de historia, que ya sabía la respuesta a esta pregunta.

—¿Felices? —preguntó confuso, como si el concepto de felicidad fuese un concepto moderno.

—¿Están… contentos? —formuló Louise de nuevo—. Por favor, dime la verdad.

Pierre mantuvo la boca cerrada, sin saber cómo responder.

—Sufren. La comida escasea. El pueblo se muere de hambre —contestó en voz baja, pero con intensa emoción—. Hay revueltas constantes por el precio del grano. Pero, os lo ruego, no digáis nada de esto. Perdería mi trabajo y necesito el sueldo para mantener a mi familia.

Uauu, este chico, seguramente solo unos años mayor que ella, ¿mantenía a su familia y no al revés? De repente añoró a sus padres y no pudo evitar sentirse un poco culpable por haberse comportado como una niña mimada los últimos días en su casa.

—Lo siento, ojalá pudiese ayudar —exclamó con sinceridad—. Y tal vez pueda. María Antonieta tiene que saber lo que está pasando fuera de Versalles. Aquí está aislada. A lo mejor, si lo supiera, podría conseguir que el rey hiciese algo…

Sin darse cuenta, Louise apoyó una mano en él. Sintió un pequeño calambre eléctrico por todo su cuerpo y la apartó rápidamente. Él dio un ligero respingo.

Antes de que pudiera reflexionar sobre la intensidad del momento, Pierre recogió a toda prisa el periódico y su sombrero y salió corriendo por entre los setos recién recortados, sin echar siquiera una rápida mirada atrás o despedirse con un «*au revoir*». Al parecer también estaba conmocionado, pero no en el buen sentido, desde luego.

CAPÍTULO 21

Ensimismada en sus pensamientos, Louise desanduvo el camino iluminado por la luna en dirección a Versalles. El palacio estaba alumbrado a esa hora y bullía de energía. Tal vez podía usar la influencia de Gabrielle con María Antonieta para ayudar a los franceses y evitar posiblemente la sangrienta revolución. «Pero ¿cómo?»

Desde la terraza se oía el rumor de las conversaciones, mezclado con la música clásica del clavecín y las risas. Respiró hondo, todo lo hondo que le permitía su corsé, y rogó en silencio poder llevar a cabo su plan. Empezaba a sentirse menos identificada con Gabrielle por momentos.

La fiesta era la cosa más decadente y libertina que Louise había presenciado en sus doce años de vida. Incluso el comedor de primera clase del *Titanic* parecía de lo más convencional en comparación con esto. Definitivamente, su madre no lo aprobaría de ninguna manera, pensó mientras rechazaba educadamente una copa de champán que le ofrecieron nada más cruzar las altas puertas dobles de cristal abovedadas.

Crupieres uniformados presidían intensas partidas de cartas; había ruletas, fichas de póquer y juegos de dados. Los gritos triunfales de los ganadores eran prácticamente mitigados por una orquesta que tocaba en la otra punta del salón. Un camarero servía champán espumoso sobre una pirámide de copas de cristal en el centro de una larga mesa de comedor. Sobre la mesa también había un montón de dulces y tartas y toda una gama de refinados pastelitos glaseados que los invitados cogían ávidamente con los dedos, embadurnando de glaseado la costosa tapicería y machacando las migas en las alfombras de tonalidades de piedras preciosas con los altos tacones de sus zapatos con hebillas de diamantes o borlas brillantes. Por todos los santos, a su madre le daría un ataque si viese a aquellos adultos tan bien vestidos comportándose como unos chiquillos descontrolados.

Louise localizó enseguida a una María Antonieta resplandeciente y fabulosa con un nuevo vestido de tonos dorados y marfil —¿cuántas veces al día se cambiaba de ropa esta chica? ¡Ya llevaba tres!—, ligando y riendo tontamente como cualquier chica de instituto en una fiesta. Parecía una anfitriona de lo más natural: se deslizaba por la sala como en monopatín, con perfecto ademán y una inclinación de cabeza que no dejaba dudas de que esta era su fiesta. Se detuvo para probar dos postres en su despreocupado y placentero paseo, haciendo que todo el mundo se sintiese como en casa con toda naturalidad. Sin duda alguna, María Antonieta estaba en su elemento: la chica de moda de la Francia del siglo XVIII.

Según parecía, su esposo era mucho menos sociable que ella.

En lugar de bailar o pasearse por la sala, Luis XVI permanecía sentado a una mesa de hombres de aspecto sobrio, ostentando una suerte de artilugio con llave y cerrojo de acero con el que jugueteaba nerviosamente.

—Está obsesionado con esos cerrojos. —Louise dio un respingo; no había visto que Adelaide se había acercado a ella—. La delfina encuentra todo eso muy aburrido y no la culpo. ¿No te parece?

Louise negó con la cabeza, toda la escena le seguía pareciendo bastante surrealista.

—Mejor sentémonos, ¿de acuerdo? Estos zapatos me aprietan cada vez más. —La mujer suspiró mientras asía una silla de comedor tapizada en rojo, y se sentaron a la mesa entre un grupo de alegres invitados.

—¿Quién es esa dama? —preguntó Louise, señalando discretamente a una mujer morena con un vestido escarlata de escote bajísimo y cargada de diamantes y rubíes de pies a cabeza.

Se sentaba seductoramente en el brazo de una silla de respaldo alto con un loro verde y azul encaramado en su hombro. El hombre mayor vestido regiamente sentado en la silla sostenía en la mano un par de dados, y ella les envió un beso antes de que los lanzase sobre la mesa de juego de fieltro verde. Todo el mundo lo vitoreó cuando chocaron contra las fichas.

—Ah —resopló Adelaide—. Es Madame du Barry, por supuesto.

—¿Du qué? —preguntó Louise confusa. Entonces recordó que debía mantener el aplomo.

—Du Barry. La querida del rey Luis XV —concluyó Adelaide levantando una ceja—. ¿No lo sabías? Personalmente, todo el asunto me parece bastante ofensivo.

—¿En serio? —preguntó Louise tratando de imaginarse lo que significaba eso. ¿Como su novia, pero no exactamente?—. Quiero decir, claro que lo sabía. Solo que parece otra con ese pájaro en el hombro, o algo…

Madame du Barry susurraba al oído del rey y le hacía cosquillas en la mejilla con una larga pluma negra de avestruz. El resto de comensales hacían como que no pasaba nada o cotilleaban descaradamente sobre el asunto como hacían Louise y Adelaide. Era superextraño.

Louise estaba convencida de que Madame Du Barry les había lanzado una mirada asesina a ella y a Adelaide al darse cuenta de que la observaban. Glups.

Antes de visitar Versalles, Louise había imaginado que en una corte real todo el mundo sería muy estirado y respetuoso. Le impactaba descubrir que sus cenas en casa con sus padres eran más formales que en este palacio. El vino rojo era derramado por la mesa formando grandes manchas. Las fichas de póquer y las cartas se tiraban al azar, y había suaves y sedosos gatos por doquier terminándose los platos de comida medio llenos encima de la mesa.

Al levantar el brazo, Louise descubrió que descansaba en un montón de migajas grasientas. Quizá fuese aquí donde había nacido la norma de no apoyar los codos en la mesa, pensó mientras se sacudía los aceitosos restos que le habían dejado una mancha húmeda en la manga de satén esmeralda. Puaj. Adelaide rio ante la expresión disgustada de Louise.

María Antonieta solo era unos años mayor que Louise y, sin embargo, en este momento, se le antojaban décadas enteras. Deseó estar de nuevo en el Petit Trianon jugando al escondite. O de regreso en Connecticut, seleccionando la lista de canciones para la fiesta de cumpleaños de Brooke.

Cogió un dulce de coco extra grande de la pila de un surtido de galletas color sorbete y le dio un enorme mordisco, rompiendo la delicada cáscara y saboreando un bocado de crema con fuerte sabor a limón. Mañana sería el día en que se enfrentaría a María Antonieta e intentaría ayudar a Pierre y al resto de franceses, decidió mientras daba otro glorioso bocado. Louise se preguntó si volvería a Connecticut con cinco kilos de más o si se quedarían en este pasado. Tendría que preguntar a Marla y a Glenda al respecto y esperaba que fuese lo segundo. Estos pasteles franceses eran demasiado suculentos como para perdérselos, y además estaban por todas partes. Enormes torres de dulces de colores pastel ingeniosamente colocadas cubrían todos los huecos disponibles de las mesas, junto a bandejas de fresitas silvestres con nata. Versalles no era la clase de lugar en el que desearías estar si guardabas la línea.

—Oh, tienes que probar esta —urgió Louise a Adelaide, cogiendo una galleta de frambuesa rellena de crema, pese a que su corsé de ballenas la animaba imperiosamente a hacer lo contrario.

—¡Vaya, gracias! —Una suave mano de color marfil le arrebató a Louise el pastel. María Antonieta dio un mordisquito a la galleta.

—¿No es una fiesta maravillosa? —preguntó con un guiño—. Creo que los suecos lo están pasando en grande. Vamos fuera a ver los juegos artificiales, ¡la noche solo acaba de empezar!

CAPÍTULO 22

María Antonieta guio a Louise, Adelaide y un selecto grupo de sus amigos más íntimos al amplio césped cuidadosamente cortado, riendo mientras arrastraba la cola de seda blanca perlada de su vestido por la tierra y la hierba húmeda. Louise comprendió que no importaba si ese vestido acababa destrozado. Siempre habría uno nuevo, más increíble todavía, esperándola por la mañana.

—¡Juguemos a algo! —decidió María Antonieta, dando palmadas de la emoción—. Que todo el mundo se esconda y el conde Fersen y yo os buscamos —indicó, señalando a un hombre rubio, alto y atractivo vestido con uniforme militar—. Contaré hasta diez. *Un, deux, trois…*

Louise sonrió. Ella y Brooke solían jugar a ese juego cuando eran más pequeñas. Los Lambert tenían la casa ideal para jugar al escondite, llena de recovecos y roperos más profundos de lo que parecían. Las mujeres se desprendieron de sus zapatos de tacón alto y todo el mundo huyó en desbandada. Louise salió corriendo hacia la rosaleda, sintiéndose libre y feliz de poder actuar de nuevo como una niña en esos momentos. Mientras corría descalza por la hierba húmeda pensó que ya no quería volver a su antigua vida, en la que tendría que cumplir trece años y cambiar en cierto modo. Una vida en la que le resultaría casi imposible correr por la hierba sin pensar en lo infantil que podría parecer eso.

Entonces lo vio y se detuvo. Pierre paseaba entre los rosales, silbando una canción que no reconoció, con la mirada hacia el cielo y absorto en sus pensamientos. Pareció sobresaltarse al principio, pero luego esbozó una sonrisa.

—*Bonsoir* —dijo quitándose el sombrero con gesto caballeroso.

—Buenas tardes —respondió Louise con timidez—. Encantada de verte de nuevo. El jardín está precioso.

—*Merci* —asintió él, apartándose de la frente un mechón suelto de sus ondulados cabellos castaños y con aire verdaderamente satisfecho por el cumplido—. Mis disculpas por haberme ido de repente.

—No pasa nada. Supuse que fue por algo que dije.

Louise intentó ajustarse discretamente el polisón torcido de la falda.

—No, claro que no —replicó él enseguida.

—Me gustaría saber más sobre tu familia. ¿Cómo son?

Louise sintió un poco de culpa por haberse embelesado tanto con unas galletas exquisitas poco antes.

—Mi padre es zapatero. Mi madre hace lo que puede para cuidar de mis hermanos y hermanas, somos seis en total, pero últimamente ha sido difícil. Parece que no hay suficiente de nada y que no alcanza para la mayoría. Aunque aquí nunca os enteréis.

—Lo sé, Versalles es como un sueño. Mi familia también tiene problemillas de dinero ahora mismo —dijo Louise, pensando en el empleo de su padre, aunque tenía la sensación de que su problema económico no estaba al nivel del de Pierre.

—Gracias, es muy fácil hablar con vos. No pensaba que sería así.

—Mmm, ¿gracias? —contestó, sin estar segura de que fuese un cumplido.

Louise se miró el flamante vestido verde y sintió una mezcla de confianza y tristeza. En esos precisos momentos no era ella, y eso hacía que todo pareciese muy surrealista. Quizá demasiado. Desempeñaba el papel de una elegante chica de la corte real, lo cual era divertido, pero también deseaba que pareciese su vida de verdad. Extrañamente, en el fondo deseaba que sucediese algo verdaderamente malo y embarazoso solo para poder reconocerse a sí misma y saber que todo aquel fabuloso escenario no era producto de su imaginación. No habría de esperar mucho tiempo.

—Es una bonita tarde, ¿verdad?

Pierre la miró a los ojos y se acercó como si fuera a besarla, pero antes de que pudiese suceder nada, algo que sonó como a disparos a su alrededor los asustó. ¡¿Por todos los santos, ya había empezado la revolución?!

—¡Agáchate! —chilló Louise, tirándose al suelo.

Luego miró hacia arriba entre sus dedos para descubrir una colorida lluvia de fuegos artificiales estallando en cascada en el cielo. Louise se levantó con torpeza del césped y se sacudió el vestido. Pierre comenzó a retroceder; las fuertes explosiones lo habían devuelto a la realidad.

Típico. Definitivamente, la vida de Louise era como una película, una película extranjera realmente buena, ¡pero una súbita exhibición pirotécnica había arruinado la oportunidad de su primer beso! Debería haber sido más precavida al desear una experiencia más «auténtica». No pudo evitar preguntarse dónde estaría Todd en esos momentos.

Pero aun así, Louise casi se había dado su primer beso con un chico francés de lo más atractivo. No le cabía la menor duda. Nadie lo creería en Fairview, y ella tampoco acababa de creérselo. «Mmm, es guapísimo, francés, a la antigua. No, probablemente no te has tropezado con él antes. Sí, es una historia a larga distancia, o algo así. Una distancia larguísima, anterior a Skype. De unos doscientos cincuenta años.»

La última estela de luz rutilante blanca y azul real dejó su rastro en el cielo y el silencio se hizo de nuevo en el jardín.

—Un momento, ¿habéis oído eso? —preguntó Pierre, posando la mano en el brazo de Louise, lo que la puso nerviosísima.

—¿El qué? —Se oyó un fuerte frufrú procedente de los setos—. Sí, ahora lo he oído —asintió.

—¿Creéis que nos están buscando? ¿Pensáis que saben lo nuestro? —susurró Pierre en voz alta, pasándose nerviosamente las manos por el uniforme. Sin duda, le estaba entrando pánico. Aunque no estaba segura del motivo.

—¿Lo nuestro? —preguntó Louise a su vez entre susurros, perpleja. ¿Tanto le avergonzaba que lo viesen con ella?

El frufrú se acercaba cada vez más; alguien o algo se movía velozmente hacia ellos.

—Tenemos que escondernos.

Pierre asió a Louise de la mano y se escondieron detrás de un rosal alto. ¡Ay! Con espinas incluidas.

El crujido de las hojas se convirtió en una aguda risita familiar.

—¿María Antonieta? —susurró Louise tranquilamente, para sorpresa de Pierre.

Louise se quedó estupefacta cuando la delfina y el atractivo hombre uniformado del juego del escondite, el conde Fersen, indiscutiblemente diez años más joven y un millón de veces más guapo que el rey Luis, se adentraron corriendo hacia el fondo del jardín cogidos de la mano. Uau. ¿Era real lo que estaba viendo?

En cuanto desaparecieron de nuevo, Louise soltó una carcajada nerviosa y de alivio.

—Creo que hemos escogido un sitio de encuentros bastante concurrido. ¿Crees que nos toparemos con alguien más entre los setos? —bromeó Louise, completamente oculta por las rosas.

—No lo sé, pero debo irme.

Los ojos de Pierre miraban nerviosamente en derredor como

si alguien fuese a surgir de entre las sombras. Louise no pudo evitar sentirse un poco herida y confundida por su extraña forma de actuar.

—*Merci* —dijo en voz baja con sus gruesas pestañas mirando hacia el suelo. Sin más palabras, desapareció por segunda vez ese día en medio de la noche negra como boca de lobo, dejando a Louise plantada y temblando junto a un espinoso rosal.

CAPÍTULO 23

Unos golpecitos secos en la puerta de la estancia despertaron bruscamente a Louise. Sobresaltada, se quitó el antifaz de seda rosa pastel para dormir y, medio zombi, abrió un ojo. No se explicaba cómo había logrado dormir finalmente después de rememorar la noche una y otra vez en la pantalla de su mente y con el cuello torcido sobre tres cojines para apoyar la torre gigante de su pelo. Hoy tendría, cuanto menos, un poco de tortícolis.

María Antonieta entró en el aposento como una exhalación, tan fresca como una rosa por la mañana, con un nuevo vestido rosáceo, y descorrió las pesadas cortinas de tapicería, dejando entrar un raudal de luz solar.

—Mi queridísima Gabrielle —dijo cantando. Alguien estaba de buen humor. Louise recordó la imagen de María Antonieta risueña corriendo por los jardines iluminados por la luna con un atractivo oficial sueco, y tuvo una ligera idea del motivo—. ¿Lo has olvidado? Hoy vamos a París. Tenemos que visitar la tienda de Rose Bertin para comprar vestidos nuevos. ¡Me lo prometiste!

«¿Lo hizo? Mmm, ¡sin problemas!»

¿París? ¿De compras? Eso era más que suficiente para que Louise se olvidase de su cuello dolorido. Bajó de un salto de la cama con dosel sobre una enorme plataforma. Al parecer, ¡sí que visitaría París después de todo! Se preguntó si estaba viviendo en una época a. L. V. (antes de Louis Vuitton). Deseó que no fuera así y estaba bastante segura de que el genuino Louis Vuitton había fundado su empresa a mediados de la década de 1800. ¡Qué alucine sería tener uno de los baúles-armarios con el monograma L. V. original! Ahora bien, si pudiese recordar con tanta claridad las fechas de la Revolución francesa sacaría mucho mejor nota en su clase de historia.

—Hoy mi querida madre me ha mandado otra preciosa carta desde Austria —dijo María Antonieta sacando una hoja arrugada de papel color crema del corpiño de su vestido color rosa pétalo—. ¿Me dejas leerte un fragmento?

Mi queridísima hija:
No es tu belleza, la cual, francamente, no es espectacular. Ni tus talentos, ni tu genialidad (sabes perfectamente que no tienes ni lo uno ni lo otro).

La delfina hizo una pausa.
—¿Sigo?
Se hizo un silencio incómodo.
—Lo siento —dijo Louise, sacudiendo la cabeza con incre-

dulidad. No sabía qué más decir. Era incapaz de imaginar una carta así escrita por su madre y, como quería hacer que su nueva amiga olvidase esas horribles palabras, le dio un apretón de manos tranquilizador y luego sonrió—. Olvídate de eso ahora. ¡Vayamos de compras!

Louise intentaría hablarle a la delfina de la familia de Pierre y de todo lo demás cuando volviesen de su excursión a París. Este no parecía el momento más indicado para sacar a colación el asunto.

—No pasa nada. Sé que tan solo está preocupada por afianzar la alianza entre nuestros dos países, lo que no podrá ser hasta que yo dé a luz a nuestro primer hijo. —Un oscuro destello de emoción veló por un momento el rostro de María Antonieta y, al cabo, volvió a aparecer su talante feliz como el sol tras una breve lluvia vespertina—. ¡No podrá arruinar un día glorioso como el de hoy! Te espero en el jardín norte, junto a la fuente de Neptuno. Por favor, date prisa, cielo; el coche está listo.

Como si hubiesen estado aguardando en los bastidores para su entrada en escena, las dos sirvientas personales de Gabrielle —la una corpulenta todavía y la otra alta todavía— entraron resueltamente en la estancia con los brazos llenos de prendas y corsés a fin de preparar a Louise para su primer viaje a París.

CAPÍTULO 24

A pesar de que el interior del coche de caballos era súper lujoso como todo lo que poseía María Antonieta, con asientos de terciopelo azul eléctrico y detalles dorados, el viaje, no obstante, fue un suplicio por los baches y el ruido del camino; las ruedas quedaban atrapadas en el terreno desigual del campo, meciendo a las dos chicas como si fueran en un barco zarandeado por un mar furioso. María Antonieta tuvo que abrir un poco la ventana del carruaje y sacar ligeramente la cabeza a un lado para que su *pouf* de sesenta centímetros de alto no se aplastase contra el techo del coche. Para distraerse del nauseabundo viaje, Louise había decidido mantenerse ocupada con su distracción favorita: la moda.

—¿Cuándo fue la última vez que Rose Bertin te hizo un traje nuevo? —preguntó, recordando de repente que Rose Bertin era la misma diseñadora de la que Marla y Glenda habían estado hablando en la tienda. La misma mujer que había diseñado el glorioso vestido azul de Louise… Y estaba a punto de conocerla, ¡en persona!

—Ayer, supongo —respondió María Antonieta distraídamente—. Me visita dos veces por semana con ideas, telas y bocetos nuevos. Me pasaría todo el día con ella si pudiera. Rose es mucho más interesante que cualquiera de esos dignatarios sosos que el rey se empeña en que yo distraiga.

—Suena increíble —suspiró Louise, comprendiendo que posiblemente había encontrado a alguien más obsesionado que ella por la moda—. Quiero decir, lo sé, ¿no es increíble?

—Lo es, ¿no lo es? —se maravilló María Antonieta, centrando toda su atención en Louise—. Todas vosotras, las mujeres de mi corte, solo deberíais comprar vestidos suyos a partir de ahora. París no tardará mucho en convertirse en el epicentro de la moda, y Rose y yo seremos el motivo. El resto de Europa se mirará en nosotras para saber lo que es la costura.

Así que en ese momento fue cuando París se convirtió en el lugar de la alta costura. ¡Y Louise estaba ahí para ver sus comienzos!

—Creo que tienes razón con respecto a eso del epicentro —constató entusiasmada—. ¿Cómo descubriste a Rose?

Louise olvidó por un momento actuar como Gabrielle.

—Fue a través de la princesa de Lamballe, claro. Y reconocí su talento inmediatamente. Ha trabajado estrechamente conmigo desde entonces, como sabes, querida.

Atravesaron kilómetros de parajes frondosos y ondulados cerros vírgenes salpicados de vez en cuando por casitas con techo de paja.

Todo empezaba a desdibujarse hasta que finalmente notaron

el suave adoquinado bajo las ruedas del coche. ¡Louise estaba de verdad en París!

—Para aquí —ordenó María Antonieta al conductor, golpeando bruscamente la ventana del carruaje con su gigantesco anillo engarzado con un diamante amarillo canario—. Después de un viaje tan largo, nos vendrá bien un paseíto. ¿No crees, Gabrielle?

Louise asintió en silencio. Estaba haciendo de tripas corazón para no marearse en el coche, aunque se trataba de un coche de caballos y no de motor. Una pastillita para el mareo, como las que le suministraba a veces su madre en los viajes especialmente largos, no habría estado mal.

Cuando ayudaron a bajar del lujoso carruaje a las dos chicas elegantemente vestidas, lo primero que golpeó a Louise en las narices fue el hedor. El aire era acre y pesado, como una mezcla de comida podrida y olor y sudor corporal. Tuvo que taparse la boca con su pañuelo perfumado (que ahora se le revelaba como un accesorio muy sabio para llevar escondido entre las faldas) para reprimir las arcadas. «¿Por qué olía este lugar tan… asquerosamente?

Lo siguiente que le chocó fue el ruido. Vendedores callejeros vendían pan, escobas y ostras a voz en grito, pregonaban sus mercancías intentando competir con el estrépito de los carruajes de caballos a la carrera por las bulliciosas calles adoquinadas.

—¡Lustre, lustre, lustre sus zapatos! —voceaba un hombre a pleno pulmón con un sobretodo remendado, y un cepillo y unos útiles desde el otro extremo del estrecho callejón. Louise pensó un instante en la familia de Pierre y de pronto entendió por qué el chico temía tanto perder su empleo de jardinero en el palacio. La vida fuera de las altas puertas de hierro y oro parecía dura.

París no tenía nada que ver con lo que ella había esperado. De las películas francesas que Louise había visto, se deducía que la ciudad era una hermosa tarjeta postal y puro romanticismo. Pensaba que la gente más moderna del planeta en últimas tendencias poblaría sus encantadoras calles, paseando con pañuelos de Hermès anudados con gracia al cuello, las *baguettes* asomando por sus clásicos bolsos de la firma Birkin y degustando cafetitos en elegantes cafetines. Lo que estaba descubriendo rápidamente es que el París del pasado era una historia totalmente diferente, mucho menos cinematográfica.

Su chinela de satén con tacón alto quedó atrapada en un surco, y Louise tuvo que agarrarse a María Antonieta para no resbalar del todo con la mugre que cubría los adoquines y caer en el sumidero de aguas estancadas y olores acres que corría por un lateral. Había montones de basura pudriéndose en cada esquina. Había niños pequeños con grandes ojos abiertos vestidos con harapos acurrucados en las esquinas, con las manos extendidas, mendigando monedas o un mendrugo de pan. Louise vio que los sirvientes que caminaban con ellas velaban por que ningún niño se acercase demasiado a ellas. Era como si hicieran lo posible por mantener la pobreza en la periferia de la visión de María Antonieta, y parecía que ella misma no quisiera ver lo que no tenía directamente delante.

Louise empezó a hurgar en su monedero, oculto en el forro de su pesada capa marrón, entristecida y sin estar preparada para enfrentarse a tanto sufrimiento tras haber permanecido aislada en el exceso y las riquezas de la vida en Versalles.

—Deteneos —ordenó el fornido sirviente—. Como sabéis, si les dais algo nos asaltarán. Seguid caminando y sonreíd. Haced como la delfina.

A regañadientes, Louise agachó la cabeza y siguió avanzando por delante de las monótonas casas de piedra grisáceas por efecto del hollín.

—¿Cuándo vais a darnos un heredero al trono? —chilló una voz furiosa entre el gentío.

Louise miró a María Antonieta, que se estremeció ante la pregunta o, más bien, la exigencia. ¿Un heredero? El pueblo esperaba de ella que tuviese un hijo. ¡¿Apenas tenía unos años más que Louise y ya le estaban reprochando a gritos que no tuviese un bebé?!

Ver el crudo sufrimiento de los parisinos entristecía a Louise, pero también se daba cuenta del peso y la responsabilidad de toda una nación que esta joven chica cargaba sobre sus delicados hombros. Pero la delfina pareció sobreponerse enseguida. Se reajustó su bonito chal azul cobalto y atravesó orgullosa las sucias calles parisinas en dirección a la tienda de Rose Bertin.

Pronto llegaron a la Rue Saint-Honoré. La *boutique* que, según María Antonieta, se conocía como Le Grand Mogol, era imposible que pasase desapercibida, pues tenía varios escaparates con todos los magníficos vestidos, joyas y chales de encaje que, como era evidente, habían dado fama a la firma Rose Bertin. El contraste entre esta tienda elegante y la suma pobreza que había presenciado unas calles más allá desconcertó a Louise. Un portero uniformado las hizo pasar enseguida al interior de la *boutique* y se encargó de recoger sus capas con una floritura exagerada.

María Antonieta dejó escapar un pequeño suspiro. Louise habría jurado que los vestidos lujosos y el ambiente familiar la tranquilizaron de inmediato. El poderoso olor a pescado de la basura se transformó al instante en las dulces fragancias de los polvos de talco y los perfumes florales. De hecho, olía muy parecido a Versalles.

—Mi querida delfina, qué detalle por vuestra parte hacer el viaje a París para visitar mi humilde *atelier* —anunció Rose con una leve reverencia respetuosa—. Y es maravilloso veros también de nuevo, duquesa de Polignac. Espero que no hayáis tenido un viaje muy agotador.

Louise miró a su alrededor y arqueó las cejas ante la elaborada decoración. «¿Humilde *atelier*?» La tienda le recordaba a un tocador del palacio con altos techos abovedados, banquetas tapizadas con brocados de seda rosa y dorada, confidentes colocados debajo de elaborados marcos con cuadros de paisajes detallistas y mesas redondas de mármol con esbeltos jarrones de lirios blancos. Un metro de seda roja envolvía a un maniquí con un gran polisón hecho a medida; parecía que habían interrumpido a Rose mientras cosía su última creación. Definitivamente, no había nada humilde en este lugar. En comparación con el

RUE
SAINT-HONORÉ

París que acababa de atravesar, la opulencia de esta tienda le infundió un poco de inquietud.

Rose Bertin, la madrina de la costura francesa, resultó ser una mujer robusta con una complexión tosca y rubicunda. Tenía más pinta de trabajar en una granja que en una tienda; era la imagen opuesta a su refinada *boutique* y sus vestidos abiertamente femeninos. Era mucho mayor y gruesa de lo que Louise había esperado. Rose tenía varias ayudantes trabajando en la tienda y todas hicieron una ligera reverencia cuando María Antonieta y Gabrielle entraron. Eran jóvenes, guapas y vestían sofisticados uniformes rosa. Las muchachas parecían ejemplificar la firma Rose Bertin en lugar de su dueña, al menos físicamente.

—Adoro París. Hay que escaparse de Versalles de cuando en cuando para volver a conectar con la ciudad y la gente —dijo María Antonieta efusivamente mientras cogía una peineta enjoyada con un zafiro de una caja de terciopelo y se la clavaba en el *pouf* rubio platino.

Louise no creía que apresurarse entre una muchedumbre de parisinos furiosos y hambrientos hacia una elegante *boutique* significase volver a conectar con la gente, pero no pensaba decirle nada por el momento. Tampoco comprendía cómo esta joven de la realeza podía estar tan ajena al descarado sufrimiento del francés medio. Quizá si Louise encontrase el modo de explicarle las cosas, que debía tomarse su situación tan en serio como el momento de escoger un vestido nuevo, entonces ella o, mejor dicho Gabrielle, podría ayudar a cambiar la historia.

—Ayer recibimos la visita de la adorable Mademoiselle de

Mirecourt —constató Rose Bertin mientras recogía algunas fruslerías y accesorios brillantes por la tienda para enseñárselos a la delfina.

—¿Ah, sí? ¿Y qué compró? —preguntó María Antonieta con una ceja arqueada.

—Le estoy confeccionando una levita turquesa —anunció Rose Bertin al tiempo que levantaba un vestido azul verdoso transparente y vaporoso—. Es similar a la que me encargasteis el mes pasado.

—Muy bien —contestó María Antonieta, aparentemente aliviada por ser la primera en llevar el diseño.

—Tenéis que echar un vistazo a esta fabulosa tela de felpilla. Sois la primera en verla, por supuesto. Creo que con vuestra tez blanquecina os quedará maravillosamente —dijo Rose con voz cantarina mientras una ayudante desenvolvía una pieza de una suave tela vaporosa amarilla oculta debajo del largo mostrador de caoba, el color de los ranúnculos del vasto jardín de María Antonieta.

—Es divina, ¿tienes cinta? —preguntó, dando aplausos de la emoción.

—Claro. —Otra estilosa ayudante se subió a un taburete-escalón de madera y sacó una gruesa bobina de cinta amarilla a juego del estante superior.

—Quiero uno ahora mismo. ¿Tú también, Gabrielle? —preguntó María Antonieta volviéndose hacia Louise.

—Oh, sí, por favor —contestó inmediatamente Louise. No iba a ser ella la que desdeñara un vestido a medida gratis.

—¿Acaso lo preferís en color morado? —agregó rápidamente Rose Bertin, indicando a una segunda ayudante que sacase otro rollo de tela de un marrón rosáceo apagado.

—A mí me gusta este —insistió Louise, admirando la seda amarilla. El otro era más bien… Pamplinas.

—Querida, el morado os queda mejor, ¿me equivoco? —preguntó Rose con sequedad—. Siempre acierto con estas cosas, debéis confiar en mí.

Lanzó una mirada mordaz a Louise. ¿Y si el amarillo no era realmente el color de Gabrielle? Louise se percató de que las ayudantes se lanzaban unas a otras miradas sutiles pero nerviosas. Entonces comprendió que no debía vestir igual que la delfina. Seguro que era cosa de acatar el protocolo de la corte.

—Supongo que tiene razón. El otro también es bonito —asintió Louise enseguida, tocando la bobina de seda de tela morada.

María Antonieta sonrió.

—Estaba deseando que escogieses esta. Siempre me ha encantado verte de morado.

CAPÍTULO 25

—¿Por qué compras tanto? —no pudo contenerse Louise de preguntar en el largo y agitado viaje de vuelta a Versalles.

El compartimento tapizado de felpa rebosaba hasta los topes de paquetes bellamente envueltos. Las dos chicas iban encajadas entre los paquetes de telas, los vestidos y los zapatos nuevos. María Antonieta había comprado tantas cosas que el conductor había tenido que afianzar con cuerdas algunos baúles en el techo del carruaje.

Louise deseó que la diligencia, ya de por sí poco sólida, no volcase.

En la transacción no había habido dinero de por medio, pues la delfina solo tenía que firmar con su nombre en un grueso libro mayor encuadernado en piel en el que anotaban sus cuentas.

«¿Quién paga exactamente estos conjuntos? —se había preguntado Louise—. ¿Y cuánto costará un despilfarro así de ropa?»

La joven de la realeza parecía tal cual una chica de instituto con acceso ilimitado a la tarjeta platinum de American Express

de sus padres. Recordó la clase de la señorita Morris sobre el injusto sistema fiscal de Francia, en virtud del cual los pobres terminaban pagando los excesos cotidianos de la monarquía. Gente como la familia de Pierre. Era muy injusto, y empezaba a arrepentirse de haber encargado el vestido marrón hacía un momento.

María Antonieta la miró enarcando una ceja, como si nadie le hubiese preguntado antes por qué compraba tanto.

—Pues porque puedo —contestó finalmente con una risita, dibujando con la yema del dedo un corazón en la ventana cubierta de vaho del carruaje, como si fuera una niña pequeña—. Me aterroriza la idea de aburrirme.

—Pero también puedes hacer otras cosas. ¿Qué te parece pintar, leer o bailar?

Definitivamente, Louise tenía que encontrarle lo antes posible otro pasatiempo a la chica antes de que dejase en quiebra al país entero.

—Supongo que elegir mi ropa es la única decisión que en el fondo me permiten tomar por mí misma. No puedo decidir con quién casarme, dónde residir o qué hacer, pero soy libre para decidir qué vestir y cómo arreglarme el pelo y qué joyas prefiero llevar en el cuello. Esas son las únicas libertades que tengo de verdad: elegir el color y la tela de mi vestido. ¿Te parece una estupidez? —preguntó, limpiando la ventana con la pequeña palma de su mano.

—Supongo que no —respondió Louise a media voz. Era como si la vida entera de María Antonieta estuviese planificada sin su consentimiento y ella solo fuese una espectadora. Louise podía no tener tanto dinero como esta chica, pero al menos tenía más opciones.

—Mira a todas las mujeres de la corte: quieren copiarme. He empezado una revolución en el mundo de la moda. Eso es poder, ¿o no lo es?

Louise se miró el vestido de satén verde lima, sin duda una copia magnífica de algo que María Antonieta había llevado la semana o el mes anterior.

Convino en que, en cierto modo, eso era poder, en manos de una mujer joven por otra parte bajo el control de su crítica madre, su torpe marido y su suegro, el rey de Francia. Era como ser la chica más popular del colegio, como cuando Brooke llevó un top a rayas de la firma Ella Moss y en menos de una semana el resto del colegio parecía llevar sus propias versiones de la prenda.

Sin ninguna duda, María Antonieta era la chica más popular del colegio, o de Versalles, mejor dicho.

Claramente, había empezado una revolución en la moda, pero Louise sabía que si no tenía cuidado con los gastos y la ostentación de su riqueza, María Antonieta empezaría otra suerte de revolución también. Una mucho más violenta y sangrienta que no solo implicaría el fin de la monarquía, sino también el fin de la delfina, de sus amigos y de su familia. Acaso también el de Gabrielle.

Mientras Louise contemplaba el paisaje gris por la ventana empañada, su emoción por su primer día de compras en París seguía transformándose en una ansiedad punzante y decidió que era hora de sacar el vestido azul *vintage* de su escondite secreto en el armario ropero por si acaso. No quería verse atrapada en un pasado violento sin salida.

CAPÍTULO 26

—¿Qué te parece este?

Tras varias horas de viaje desde París, a lo largo del cual los caballos parecían avanzar a la velocidad de un transeúnte porque el carruaje pesaba el doble luego de su excursión a la *boutique*, las chicas llegaron finalmente al Petit Trianon y ahora jugaban a los modelitos con sus nuevas y fabulosas compras. O, mejor dicho, María Antonieta se probaba un sombrero violeta con plumas de avestruz que había comprado para Adelaide, quien había esperado su vuelta con impaciencia en la casa de juguete, mientras Louise intentaba encontrar discretamente el armario donde había escondido su vestido azul de la tienda de ropa *vintage*.

Adelaide parecía sentir mucha curiosidad por todo lo que habían comprado, como si llevase el inventario.

—Ooh, ¿también has comprado este vestido? —preguntó mientras pasaba atentamente los dedos por los intrincados lazos, palpando despacio la textura con cuidado, como si fuera una espía industrial o una estudiante de moda—. Estos botones de madreperla son para morirse —suspiró, cogiendo un par de guantes largos de noche color marfil. La atención que prestaba a los detalles hizo que Louise se identificara un poco con ella—. Me hubiese gustado que me avisarais de que ibais a París —declaró Adelaide de mal humor.

Pero en esos momentos Louise estaba un tanto distraída, pues su escondrijo infalible para el vestido mágico parecía que se le escapaba incluso a ella.

—Madame, ¿sabes dónde está el vestido azul? El que llevaba yo ayer —preguntó, apartando algunas crinolinas—. Juraría que lo dejé en este guardarropa.

—Estaba aburrida ya de ese vestido —respondió María Antonieta con un bostezo—. ¡Lo has llevado por lo menos dos veces en mi presencia! Me gustaría que fueras más considerada conmigo, Gabrielle. Soy muy sensible a estas cosas.

—Vale, lo siento mucho, pero ¿sabes dónde está?

Louise se dejó de disimulos y se puso a hurgar desesperadamente entre los vestidos rosas, verdes y blancos en el suelo del armario ropero.

¡Los había de todos los colores salvo de aquel azul turquesa tan distintivo!

—A ver, querida Gabrielle, ¿no acabo de comprarte uno más bonito esta misma mañana? No te pongas sentimental. Le pediré personalmente a Rose Bertin que te confeccione un precioso vestido marrón si quieres. Algo menos formal para nuestras excursiones por el jardín.

—Discúlpame, pero con el debido respeto... —empezó

Louise intentando no perder la compostura, ya que la delfina podría encerrarla o algo peor si la desafiaba—. Necesito recuperar mi vestido. Era un vestido especial. Tiene un valor sentimental. —Adelaide arqueó una ceja, tal vez sorprendida de que se atreviese a contradecir a María Antonieta. O quizá porque… ¿lo había cogido ella?—. Un momento, ¿lo tienes tú?

Louise centró toda su atención en la vieja mujer, que parecía especialmente interesada en su ropa y a quien había visto rebuscando en el guardarropa de Gabrielle el día anterior.

—¿Por qué, por qué iba a tenerlo yo? —balbució Adelaide, sonrojándose y desviando la mirada.

¡Tenía toda la pinta de ser culpable! Pero ¿para qué querría sus viejos vestidos? ¿Acaso no tenía los suyos? ¿Estaba celosa de Gabrielle? Además, no tenían la misma talla ni por asomo.

—Mi querida duquesa de Polignac, es imposible saber dónde está un vestido en concreto. Ya no está. Probablemente los criados lo habrán regalado. Hay cientos de personas viviendo en Versalles. ¿Cómo voy a saber yo quién lo tiene? —intervino María Antonieta molesta, enojándose claramente cada vez más.

Louise sabía que cuando su madre la llamaba por su nombre completo no auguraba nada bueno, de modo que presintió que tendría serios problemas si insistía con la pregunta.

«Odio el marrón —dijo tristemente para sus adentros—. Me recuerda a la palabra "cagón".» Fue lo único que Louise pudo pensar ante la decepción de que María Antonieta no la ayudara a buscar su vestido por habérselo puesto… ¡dos veces! «¿Perdona?» ¡¿Iba a quedarse atrapada en el siglo XVIII porque a la delfina le aburría el vestido?! Había que encontrarlo inmediatamente.

CAPÍTULO 27

Adelaide se excusó rápidamente ante las chicas y salió con prisa de la casa de juguete alegando que llegaba tarde a no sé qué cita en el palacio. O, como Louise empezaba a sospechar, ¿a esconder el vestido robado? Como, al parecer, María Antonieta no quería quedarse sola, le pidió a Louise, pese a su irritación, que se quedase a jugar con ella y el grupo de perritos siempre presente. A estas alturas, Louise ya sabía que cuando María Antonieta preguntaba algo con dulzura, no era una pregunta precisamente. Era una orden. Estaba acostumbrada a obtener exactamente lo que quería.

La delfina se paseaba por la habitación con su nuevo vestido amarillo sol, abanicándose con un abanico de seda a juego, totalmente ajena a la situación de Louise, entre otras cosas. Como al hecho de que en la mayor parte de Francia pronto se desataría una enorme revuelta mientras ella se escondía en su casa de juguete para probarse más vestidos.

—Prueba —rio tontamente, dando un jugoso mordisco a una fresita roja en su punto que cogió de un cuenco rebosante de otras fresas perfectamente maduras. Casi no parecían reales—. Antes eras mucho más divertida. ¿Qué te pasa últimamente, Gabrielle? Tanta preocupación echará a perder tu cutis.

—No, gracias —respondió Louise, cerrando con tristeza la pesada puerta de nogal del armario ropero—. Me cuesta divertirme cuando sufre tanta gente.

«Y cuando quizá perdamos nuestras cabezas», pensó para sí con aire taciturno.

—Pero ¿no ves que siempre es así? Me apuesto lo que quieras a que si nacieras dentro de cientos de años seguiría habiendo personas que sufren y seguiría habiendo fiestas. Supongo que prefiero ser invitada a la fiesta —declaró María Antonieta acariciando a su perrito, que jugaba con una bobina de cinta que asomaba por una de las bolsas con las compras.

Louise se sintió de repente una gran hipócrita. La delfina tenía razón. Sin duda alguna seguía habiendo pobreza y sufrimiento en el mundo moderno, aunque Louise no los viera directamente en su ciudad natal. Para colmo, había encontrado el vestido azul para ir a la fiesta de cumpleaños de Brooke, algo que, debía admitirlo, seguía siendo lo que más deseaba en el mundo. Si es que conseguía volver a tiempo.

Louise se juró que sería más consciente y sensible en su vida real si salía de esta. Su padre había perdido el empleo y ella tenía que anular el viaje de su clase, pero su familia nunca había tenido que preocuparse de que faltara comida en la mesa. (Aunque esa comida tuviese que ser otro guiso recocido e insulso.) Había chicas de su edad que no tenían hogar o una comida caliente. Había oído hablar de ciertos sitios y ciertas historias en las noticias de la noche, y entonces comprendió que, en cierto modo, había creado su propia versión de Versalles. Suponía que mucha gente lo hacía.

—Es sencillamente demasiado horrible pensar en esas cosas —exclamó María Antonieta, limpiándose una mancha de frambuesa en la mejilla con su minúscula mano.

—¡Pero debes hacerlo! —insistió Louise. Tenía que hacérselo entender a su nueva amiga—. Tú tienes el poder de cambiar las cosas. Un día serás la reina de Francia...

—Probemos un pastelito. ¿No es este pistacho sencillamente divino? —la interrumpió la joven, cogiendo una deliciosa galleta verde claro y dándole un delicado mordisquito. Siempre había algo delicioso al alcance de la mano.

—No puedes vivir en una burbuja para siempre. Créeme, de verdad. —Louise apoyó la mano en su brazo—. Esa gente parece hambrienta.

—Mi querida Gabrielle, ¿cómo ibas a saber lo que puedo y no puedo hacer? —rio María Antonieta con su risa alegre y ligera, y tiró descuidadamente la mitad del pastel mordisqueado en el mantel de lino blanco—. Que coman pasteles —cantó entre dientes.

—¿Perdona? —preguntó Louise—. ¿A qué viene eso?

Si los franceses ni siquiera tenían pan, ¿cómo demonios se supone que iban a conseguir pasteles?

—Olvídalo, boba, no he dicho nada —replicó María Antonieta encogiéndose de hombros, como si toda la historia fuese producto de la imaginación hiperactiva de una aristócrata amiga. Acto seguido, cogió en brazos a su doguillo en miniatura y, pavoneándose, cruzó las puertas dobles acristaladas que daban al jardín para corretear como si no tuviese la menor inquietud en el mundo.

CAPÍTULO 28

Louise salió corriendo por las puertas de la casa de juguete y de vuelta a Versalles por los jardines geométricos. Un nubarrón de lluvia veló el último sol vespertino, dando a los jardines un aura sombría y escalofriante. Louise presentía que las cosas estaban cambiando, y no solo el tiempo. Quería encontrar a Pierre. Era el único que podría creerla y ayudarla a volver a casa. De algún modo lo haría. Solo tenía que ayudarla a recuperar el vestido azul.

—*Pardonnez-moi*, ¿ha visto a Pierre? —preguntó a un viejo encargado arrugado que echaba tierra a un nuevo parterre.

—No conozco a ningún Pierre —respondió tranquilamente sin levantar la vista. Preguntó a otra mujer que recogía rosas en su delantal—. ¿Pierre? No creo que haya ningún Pierre trabajando en estos jardines.

¿Se había inventado a este chico en su cabeza? ¿Era un espía o lo habían despedido al verles juntos?

Nada tenía sentido y empezaba a lloviznar en el cielo encapotado…

—Pierre ya no trabaja en Versalles —le comunicó una voz baja y grave de barítono a sus espaldas.

Louise se volvió para ver a quien debía de ser el jardinero jefe, un hombre con la cara picada de viruela y el ceño fruncido, que la miraba con los brazos cruzados en el pecho, a la defensiva.

—Le han destituido de sus deberes esta mañana por distribuir propaganda contra la delfina. ¿Puedo ayudaros en algo?

—No, estoy bien —balbució Louise, cuyos ojos se llenaron de lágrimas al enterarse del triste despido de Pierre y al comprender de repente que la única persona que posiblemente la creería se había marchado. Agachó la cabeza antes de que el jardinero de carácter avinagrado la viese llorar y se apresuró hacia el palacio.

Con las prisas, enfiló por una vuelta desconocida y el jardín se transformó en un complejo laberinto de altísimos arbustos, lo que hizo que Louise se sintiera como una rata elegantemente vestida atrapada en un dédalo. Mientras daba vueltas y caminaba cada vez más rápido, adentrándose más y más en el laberinto lozano y verde, sintió cómo el pánico le invadía la garganta y la sien izquierda le palpitaba como si estuviera al borde de una migraña. ¿Y si nunca daba con la forma de volver a casa? Había deseado mucho huir de su vida otra vez, pero desde la perspectiva actual nada en Fairview, nada en Connecticut le parecía ya tan horrible.

Louise se detuvo e intentó respirar hondo, pero el corsé de ballenas debajo del vestido armado color verde lima hacía casi

192

imposible que aspirase oxígeno. Empezó a marearse y se apoyó en los setos de tres metros de alto para mantener el equilibrio. Por el cielo seguían desfilando nubes oscuras y amenazantes y un tenue rugido de trueno retumbó a lo lejos. Definitivamente, se avecinaba una tormenta.

Louise entrevió dos figuras vagas y oscuras con sombreros plumados de ala ancha delante de ella. Tal vez pudieran sacarla de este laberinto interminable. Dobló otra esquina pero, aunque estaban solo a unos pasos, habían avanzado muy deprisa y no pudo darles alcance.

—Por favor, deténganse. ¡Igual pueden ayudarme! —los interpeló Louise a gritos, pero el fragor de la nube de tormenta se hallaba ahora directamente sobre su cabeza y ahogó sus palabras.

Las escurridizas siluetas no se volvieron, era como si Louise no existiera. Corrió tras ellas, tropezando con sus largas y voluminosas faldas y, al torcer por otra esquina con elevados setos, fue a parar de golpe a la grandiosa extensión de césped frente a la fachada de Versalles, totalmente sola y empapada bajo el cielo nublado y gris.

CAPÍTULO 29

Louise se levantó el miriñaque, subió a toda prisa las escaleras de mármol blanco del enorme palacio y frenó dando un patinazo al darse cuenta de que había entrado directamente en un vasto e imponente vestíbulo jalonado de espejos.

La grandeza del espacio era sobrecogedora. Iluminaban la gigantesca sala tres filas de candelabros de plata a lo largo del amplio vestíbulo y la luz blanca de las velas rebotaba contra las ventanas cuadradas de espejo y cristal. Louise contó diecisiete arcadas decoradas con espejos frente a diecisiete altas ventanas de arco que daban a los jardines. Querubines de bronce sujetaban candelabros de cristal como una ofrenda luminosa. Por las columnas de mármol granate y blanco que subían hasta un techo de escenas bélicas pintadas de azules y rojos oscuros al óleo daba la impresión de que quienquiera que viviese en este palacio era poderoso y muy rico.

Para alguien en la situación particular de Louise, la Galería de los Espejos era una trampa, un lugar donde habría sido casi imposible ocultar su verdadero yo. Después de que el amenazante doctor Hastings fuese capaz de ver su verdadera identidad en el reflejo de un espejo en el *Titanic*, y como Louise había comprobado hacía poco en el espejo del vestíbulo dorado del Petit Trianon, existía una posibilidad muy real de que la descubriesen. Pero por desgracia para ella, la Galería de los Espejos también era la arteria principal que atravesaba Versalles. La otra solución era dar un gran rodeo por la terraza del jardín para evitarla, y ahora llovía con fuerza. Louise no sabía qué le pasaba a su pelo cuando llovía en la Francia del siglo XVIII, pero conocía de sobra la maraña crespa del siglo XXI.

Alentada por una mezcla de vanidad y prisas, decidió arriesgarse. Milagrosamente, la galería estaba desierta y podría caminar lo más rápido posible con la cabeza gacha, rogando que nadie descubriese el millón de Louise Lambert que reflejaban los enormes espejos abovedados que jalonaban el interminable pasillo. Entró cautelosamente en la imperiosa y vacía estancia y su boca formó una «O» de sorpresa al ver de nuevo su auténtico reflejo, el de una niña de doce años que le devolvía la mirada al otro lado del espejo, con sus familiares ojos color avellana mirando a hurtadillas bajo el *pouf* de Gabrielle, alto como el cielo. Se tomó un momento para girar sobre sí misma y admirar su vestido de gala en satén color lima con su miriñaque. Al sonreír ante su imagen giratoria, el destello refulgente de su aparato dental se multiplicó en los espejos pulidos reflejándose por toda la galería como un eco de plata. Louise cerró rápidamente la boca, agachó la cabeza hacia el suelo y salió corriendo por el pasillo recién encerado.

No habría recorrido más de la mitad del grandioso pasillo por otra parte desierto cuando, por el rabillo del ojo, vio a la princesa de Lamballe y a Adelaide viniendo directamente hacia ella. ¡No podían verla así! Dejó de correr y mantuvo la cabeza gacha cuando se cruzaron, deseando desesperadamente que no reconociesen a una de sus damas de compañía más íntimas.

—Buenas tardes, mi querida Gabrielle —canturreó la princesa de Lamballe.

Louise hizo una ligera reverencia y, a pesar suyo, se vio obligada a alzar la mirada. La princesa de Lamballe siguió caminando, persiguiendo juguetonamente por la sala a un perrito de enormes orejas caídas, pero su sospechosa ladrona de vestidos número uno, Adelaide, se quedó paralizada y la miró boquiabierta. «¡La habían descubierto!»

Intentó no mirar el espejo del mismo modo que intentas no mirar un accidente de coche en el arcén de la carretera porque sabes que es una escena horrible, pero algo dentro de ti te mueve a hacerlo de todos modos. Lo que vio Louise casi la hizo gritar.

No era la cara de Adelaide.

Era el reflejo de otra chica de unos doce años, con aparato dental y gomitas de color rosa en el pelo, que miraba a Louise boquiabierta y con los ojos como platos.

«¡Por todos los santos!»

Louise se quedó boquiabierta a su vez, tanto que parecía que su mandíbula iba a tocar el suelo de parqué recién pulido.

Tras un momento de total conmoción, la chica apartó enseguida la mirada y salió corriendo de la Galería de los Espejos, taconeando torpemente sobre las baldosas con sus anticuadas chinelas de tacón.

Louise se desprendió rápidamente de sus zapatos de tacón amarillos con hebilla engastada en diamantes y salió corriendo detrás de ella, sin preocuparse ya de montar una escena. ¡Tenía que darle alcance y averiguar qué estaba sucediendo exactamente!

—¿Gabrielle? ¿Adelaide? —las interpeló la princesa de Lamballe con su voz dulce y preocupada—. ¿Qué demonios os pasa a las dos?

Louise no se detuvo a contestar. Si lo que acababa de ver no era un delirio provocado por la ingesta excesiva de pastelitos dulces, entonces es que había encontrado a otra chica *fashion* que viajaba en el tiempo. En la Francia del siglo XVIII. «¿Perdona?»

CAPÍTULO 30

La chica la estaba esperando en el otro extremo del pasillo. Se había escondido detrás de la alta puerta del salón y asomó cuando Louise llegó a su altura.

—Rápido, ¿quién es tu diseñador favorito? —le preguntó a media voz.

—Hasta ahora es Yves Saint Laurent —respondió sin pensarlo una Louise completamente perpleja—. Glups, quiero decir… —dijo, parándose finalmente a pensar. ¿Por qué le preguntaba eso? Silencio sepulcral.

—¡Ni hablar! Tú eres del club.

Louise miró a la mujer mayor. Por fuera, era como si mantuviese una conversación con Adelaide. Pero no era ella.

—¿Qué acabas de decir? —preguntó Louise, que se había quedado de piedra.

—Eres una chica *fashion*. Algo me decía que tú eras diferente. Pero no puedo creer que Marla y Glenda hayan permitido que nos crucemos en el pasado. Va contra las normas.

«¿Marla y Glenda?» ¿Esta chica conocía a Marla y a Glenda?

—¿Cómo es que las conoces? —replicó Louise aterrada.

—Porque yo también soy una chica *fashion* —exclamó la chica, como si eso fuera la cosa más obvia del mundo—. Pero no puedo creer que permitan que esto suceda —prosiguió, haciendo aspavientos ante semejante locura.

—Bueno… no es que me hayan dejado hacer este viaje exactamente —balbució Louise, comprendiendo que podría estar en un buen aprieto la próxima vez que viese a las dos dependientas, confiadas y fácilmente irritables—. Técnicamente, me probé el vestido cuando no estaban mirando.

Adelaide, o, mejor dicho, la chica, la miró con severidad.

—Como he dicho, eso va contra las normas.

—¿Qué normas?

Toda esa conversación estaba dejando estupefacta a Louise. No le importaba llamar la atención, porque tenía tropecientas mil preguntas que hacerle.

—Chist —susurró la chica enojada—. No podemos permitir que nadie nos oiga. Nadie, aparte de nosotras, puede saberlo. Pero, vamos, te pones a recoger los platos sucios de la mesa, a ligar con el jardinero, me confundes con la princesa de Lamballe… Diría que se te ha visto el plumero desde el principio.

—¿Cómo se supone que debo actuar? Ni siquiera estoy segura de dónde estoy ni de quién soy —replicó Louise a la defensiva—. ¿Esa chica es la verdadera María Antonieta? ¿Y quién eres tú, a todo esto?

—¡Pues claro que es María Antonieta! Yo me llamo Stella. Pero aquí tendrás que llamarme Adelaide, por supuesto.

—¿Cuántos años tienes en realidad? —preguntó Louise.

—Trece. Soy de Manhattan. ¿Y tú?

—Doce. Yo soy de Fairview, un suburbio de Connecticut. Pero mi padre trabajaba en Nueva York… —respondió Louise deprisa, impaciente por salir del embrollo y centrarse en las cosas importantes, como regresar al siglo XXI.

—Pues para los que vivís en ciudades pequeñas es como si tuviera dieciséis —prosiguió Stella, interrumpiendo a Louise en mitad de la frase.

—No sabía que hubiera una diferencia.

«¿Los años de las chicas urbanitas son como los años de los perros?», se preguntó Louise.

—Claramente —asintió Stella, arqueando una ceja.

A esta chica podía gustarle el *vintage*, pero no estaba siendo muy simpática que digamos.

—¿Cómo te convertiste en una chica *fashion*? —preguntó Louise. ¿Había recibido también Stella una misteriosa invitación para la tienda de ropa *vintage*?

—Llevo la moda en la sangre —exclamó Stella orgullosa—. Mi tía bisabuela en tercer grado era Coco Chanel.

—¡Eso es fantástico! —exclamó Louise, intentando fingir indiferencia, pero en realidad estaba totalmente impresionada. ¡Esta chica estaba emparentada con la realeza de la moda! Sin lugar a dudas, Coco Chanel había sido la diseñadora más influyente del siglo XX.

—El increíble poder del *vintage*: el hecho de que la energía no pueda destruirse, que por llevar ropa *vintage* estemos llevando el pasado y las historias de otras mujeres en nuestro cuerpo, y las traigamos al presente, incluso al futuro. Yo simplemente tengo ese poder —afirmó Stella en un tono que excluía a Louise, pese a que todos los indicios apuntaban a lo contrario—. ¿No lo tenéis en tu familia también?

—No lo creo —dijo Louise, sacudiendo la cabeza y pensando en lo contraria que era su madre a todo lo «usado». Probablemente su padre ni siquiera conocía el significado de la palabra *vintage*, pero tenía a su tía Alice Baxter, la glamurosa actriz que había descubierto a bordo del *Titanic* y a la cual le gustaban los vestidos bonitos. ¿Y si era cierto que lo llevaba en la sangre?—. Bueno, igual sí; no estoy muy segura. ¿Cuántas más somos?

—Cinco, tal vez, diez —contestó dudosa Adelaide o, mejor dicho, Stella. A Louise le estaba costando mucho conciliar la cara de esta mujer mayor con la chica que acababa de ver en el espejo—. En realidad no lo sé. Tú eres la primera que conozco. Pensaba que era yo sola.

—Y yo —convino Louise—. ¿Está pasando esto realmente? —Se pellizcó con fuerza el brazo.

—No lo sé, pero parece real, ¿no?

—Sí. Así que eso igual no importa.

—¿No son esas prendas como para morirse? —le susurró Stella, señalando a una mujer que pasaba por allí con un elaborado vestido color salmón cuya seda llevaba bordado un diseño de vid azul y verde. Llevaba un bonetillo encima del *pouf* con un ramo de flores reales azules y verdes pegado de alguna ma-

nera—. Me mata que ya no se haga nada así. Los detalles de cada botón, de cada adorno. Puedes ver su influencia en todas partes cientos de años después. John Galliano diseñó una colección entera basada en esta época de la historia.

En ese instante Louise percibió a la chica moderna de trece años, fan de la moda antigua, dentro de un envoltorio anticuado y engreído.

—Pero estos corsés son una tortura —susurró Louise en alto, con los brazos en jarras—. Desde que los llevo por poco me desmayo tres veces.

—¿En serio? —bufó Stella, y rio a carcajadas como hacía Brooke, rompiendo su imagen de reina gélida sin darse cuenta y dejando entrever de nuevo a la adolescente que era en realidad. ¿Acaso podrían ser amigas después de todo?—. Ven conmigo. —Stella pasó el brazo por debajo del de Louise y siguieron paseando hasta el salón contiguo—. A ver, dime, ¿qué pinta tengo? —preguntó emocionada—. Yo no puedo verme. Cada vez que me miro en un espejo, veo a mi yo verdadero. He descubierto que Adelaide es la hija de Luis padre, ¡el rey Luis XV de Francia!

—Mmm… —Louise tragó saliva. ¿Cómo iba a decirle a su nueva compañera que parecía una vieja robusta con el ceño permanentemente fruncido?

—Creo que Adelaide es un nombre fantástico, igual me lo cambio para siempre.

—¿En serio?

—¡Pues claro!

—Bueno —empezó Louise, tratando de expresarse con la mayor delicadeza posible—. Eres, cómo decirlo, entrada en años…

—¿Mayor? ¿¿Soy mayor?? —Stella se detuvo y se volvió hacia Louise, prestándole toda su atención.

—Eso es una forma de decirlo.

—¿Tengo arrugas?

—No estoy segura. —Louise se encogió de hombros diplomáticamente.

—¿Que no estás segura? ¿Pero no me estás mirando, o qué?

—Supongo que eres… Mmm… ¿poco atractiva? Pero no pasa nada, Stella. ¡Estoy segura de que en la vida real eres muy guapa!

—¿Soy mayor y fea? ¡Arrgg! ¿Por qué me han hecho esto Marla y Glenda? ¿Se trata de una broma macabra?

—Y… ejem —prosiguió Louise al llegarle un tufillo corporal—, hueles un poco.

—¡¿Qué?! —Stella apretó el brazo de Louise, clavándole las uñas de los dedos en la piel—. Esto es demasiado embarazoso.

—Pero no es tu yo real —intentó tranquilizarla Louise—. Además, por lo que he podido comprobar, todo el mundo huele mal en esta época.

—Pero tú eres joven y guapa. ¡No es justo!

—No soy yo —protestó Louise, rozando con la mano la costura de su falda larga de seda—. Es Gabrielle y el vestido.

—Aun así. Mira, mi vestido es más bonito —dijo Stella, señalando su elaborado vestido palaciego de color verde menta—. Y todo el mundo es muy respetuoso conmigo.

—Exacto. Mira el lado bueno. Estás un rango por encima de mí. Aparentemente eres la hija del rey. Supongo que no puedes juzgar a una dama por su vestido.

—¿Qué quieres decir con eso?

—Igual Marla y Glenda intentan darnos una lección. Como que yo necesito más confianza en mí misma y a lo mejor tú estás aprendiendo que la apariencia no lo es todo.

—Pues yo quiero volver a mi vida de antes. Aquí estoy fuera de lugar. Odio el nombre de Adelaide —decidió Stella, paseándose furiosamente por la sala.

—¡No puedes dejarme sola! —protestó Louise, cogiendo la mano enguantada de Adelaide—. Creo que me han robado el vestido azul. Necesito tu ayuda.

—Te diré todo lo que necesitas saber esta noche, pero ahora tengo que regresar —dijo entre dientes al tiempo que la princesa de Lamballe les daba alcance en la sala y las miraba confusa.

—¿Ocurre algo? —preguntó perpleja la chica rubia.

—Claro que no. Está todo bien. Hasta la noche, Gabrielle —respondió Stella rápidamente. Luego recuperó su papel de Adelaide y, tras hacer una leve reverencia a Louise, salió con sigilo de la estancia con la princesa, como si aquella fuera una tarde como cualquier otra en Versalles.

CAPÍTULO 31

Louise regresó a la suite de Gabrielle y se apoyó en la pesada puerta dorada con un suspiro. Necesitaba un minuto para digerirlo todo. Apenas tardó un momento en comprender que no estaba sola.

—¿Cómo han entrado aquí? —preguntó perpleja.

Glenda estaba tendida en la cama de plataforma extragrande y llevaba una capa violeta oscura forrada en seda rojo sangre. Acariciaba a un gatito gris y peludo con una larga pluma de avestruz verde y azul. Marla se había embutido en un vestido de medianoche negro y encorsetado que llegaba hasta el suelo, ensalzado con unos botones de rutilantes rubíes que bajaban por el corpiño y que parecía que fueran a salir disparados al mínimo movimiento brusco. Se servía con avidez unas uvas relucientes de una fuente de plata en la mesa auxiliar de pan de oro.

—¿Qué clase de bienvenida es esa? —centellearon los ojos de Glenda.

—¿No estás contenta de vernos? —preguntó Marla con tristeza—. El viaje no ha sido un paseíto, ¿sabes? —añadió, ensortijando con los dedos el antiguo collar con el caniche que pendía de su cuello y del que nunca parecía desprenderse.

—Créanme, ¡siempre es una alegría verlas! —exclamó Louise entusiasmada—. Se lo ruego, ¿cómo puedo hacer que la delfina entienda la seriedad de la situación en el exterior del palacio? A lo mejor podemos ayudar a detener la revolución si conseguimos que vea la pobreza y el sufrimiento que tienen lugar ante sus ojos.

—A veces lo que más cuesta es ver lo que pasa ante tus ojos —replicó Marla enigmáticamente.

—Entonces, ¿cómo puedo hacer que lo vea? —preguntó Louise con voz trémula—. ¡Si no hacemos nada los franceses morirán de hambre y toda la familia real será asesinada!

—Alterar la historia —exclamó Glenda, mientras el gatito que estaba acariciando soltó un fuerte maullido—. Una preocupación más bien peligrosa.

—Intenta no ser tan morbosa, cariño. Ooh, tu vestido es fantástico. Glenda, pues sí que nos hace falta un nuevo inventario… —dijo Marla, cambiando de tema y toqueteando el satén color verde sorbete del vestido de Louise—. Como ya deberías saber de experiencias anteriores, solo podemos cambiar hasta cierto punto lo que ya ha sucedido.

—¿Por qué no me habláis de Stella y de las otras chicas *fashion*? —soltó de pronto Louise, con los brazos en jarras.

—Quiere saberlo todo con detalle, ¿qué te parece? Pero ¿dónde está la gracia entonces? —preguntó Glenda con su fuerte voz ronca, espantando al gato, que se escabulló de un salto de la colcha bordada en oro.

—Pensamos que ya te dimos suficiente información en la carta que te escribimos. Pero tendrás que descubrir ciertas cosas por tu propia cuenta, por supuesto. Así es como se crece. —Marla se metió una uva en la boca—. Ya no las hacen como antes —añadió, enjugándose el zumo de los cuatro pelos de su barbilla con la manga del vestido.

—¿Cuántas chicas *fashion* somos exactamente? ¿Cuándo puedo conocerlas? —preguntó Louise con insistencia, y luego se dejó caer con un «plaf» en una *chaise-longue*. Todo este asunto estaba siendo demasiado para ella. ¿Por qué tenía la sensación de que siempre actuaba con un dos por ciento de la información pertinente?

—Todo a su debido tiempo. Aunque no es así precisamente como lo habíamos planeado —dijo Glenda, levantándose de la cama con un rápido movimiento amedrentador.

Totalmente erguida, sobrepasaba en altura a Marla y a Louise como si fueran un par de mocosas jugando a los disfraces.

—Lo siento —se disculpó Louise—. Tendría que haber pedido permiso para probarme el vestido. Simplemente tuve la impresión de que estaba hecho para mí. Como si estuviera destinada a realizar este viaje.

—Bueno, preciosa, está bien sentirse especial de vez en cuando y como si fueses la elegida. Pero como podemos ver, dicho sea de paso, dejaste sola a la pobre Brooke. Se supone que es tu mejor amiga —le recordó Marla con delicadeza.

Pensar en cómo había tratado a Brooke casi hizo llorar a Louise.

—Esa chica ha hecho cambios considerables. En cuanto le cambiamos aquel horrendo chándal por un vestido más adecuado, estuvimos a punto de nombrarla miembro honorario —afirmó Glenda, sacando uno de los fabulosos brazaletes de diamantes y zafiros de Gabrielle del joyero de ébano que había en el tocador.

—Echo de menos a Brooke. Quiero volver a mi vida real.

—Ahora formas parte de un grupo muy selecto. Y no un grupo que elige a cualquiera —continuó Marla, eludiendo descaradamente la petición de Louise.

—Quizá organicemos una fiesta fantástica para todas nuestras chicas *fashion* en cuanto regreses. Así podréis charlar entre vosotras. ¿No has querido siempre formar parte de un grupo de chicas que conociese la diferencia entre un Versace y un Givenchy? ¿Quién podría prestarte un minivestido de Pucci para tu próximo acontecimiento importante? Son las únicas en el mundo que posiblemente sepan por lo que estás pasando.

Eso era exactamente lo que Louise quería, pero también implicaba la duda de cómo encajaba Brooke en esa ecuación. Si finalmente volvía a Fairview, las cosas serían distintas. No quería crecer lejos de su mejor amiga, pero igual no había modo de parar aquello. Dolía pensarlo.

—Por supuesto, eso significa que primero tienes que volver —recordó Marla con tono quedo. No necesitaba que se lo recordaran, la verdad—. Y parece que Francia está en vísperas de una revolución.

—Tenemos las manos atadas, querida. Esta vez te has metido en un buen lío —declaró Glenda mientras soltaba el brazalete enjoyado en la mesa de cristal con un estrépito inesperado y estridente.

—No fuiste muy avispada. Te dimos la espalda un momento y ¡chas! —Marla chasqueó los dedos.

—Bueno, es casi una adolescente, Marla. Ya se sabe que a veces salen de casa a hurtadillas.

—Y probablemente María Antonieta no es la mejor influencia —decidió Marla con un chasquido de desaprobación.

—Pero tú eres una chica con recursos. Si has sido capaz de arreglártelas sin nuestra ayuda, estamos seguras de que serás capaz de hacerlo para salir de aquí. Esperemos que con una nueva percepción de tu situación actual —constató Glenda con un tono inquietante.

—Puedes aprender mucho del pasado, querida. Ahora empiezo a sonar como un disco rayado. —Cuando Marla se tragó la última uva, el botón superior de su corpiño salió disparado al otro lado de la estancia como un misil con rubíes—. ¡Glups! —exclamó, con las mejillas tan sonrojadas como el botón extraviado.

—Quizá los problemas modernos como el desempleo de tu padre no sean tan modernos al fin y al cabo. ¿Crisis económica? ¿Crees que no había una crisis económica en la Francia prerrevolucionaria? Últimamente ni siquiera puedes pasear por las calles de París sin que intenten arrancarte directamente los rubíes del corpiño —dijo Glenda, lanzando una mirada penetrante a Marla.

—Supongo que he engordado un kilo desde la última vez que me puse este traje —dijo Marla, sacudiendo la cabeza.

—Yo diría que ahora tus problemas son un poco más serios que el haberte perdido un viaje a Europa —añadió Glenda, dibujando una línea siniestra de un lado a otro de su cuello con su larga uña roja: la señal universal para indicar los problemas más gordos y, en este caso, perder literalmente la cabeza. Lo cual acababa de adoptar una nueva dimensión aterradora y un significado real.

De improviso se oyó un golpe seco en la puerta de la estancia.

—Oigan, ¿pueden esconderse o algo? —preguntó Louise presa del pánico, levantando las pesadas faldas en satén rojo de la cama.

—¿Tan rápido te avergüenzas de nosotras? —murmuró Glenda entre dientes—. La juventud de hoy en día…

Cuando Louise se volvió para abrir la puerta mientras se alisaba el vestido e intentaba serenarse en vano, le llegó una fuerte ráfaga de perfume francés almizclado y miró atrás para comprobar que sus guías turísticas intergalácticas se habían esfumado dejando una perfumada nube color violeta real. Sacudió la cabeza, alucinada ante su drástica partida.

Las dos sirvientas personales de Gabrielle, la señorita Judía Verde y la señorita Robusta, como Louise las identificaba ahora en su cabeza, entraron cargadas con un elegante vestido de bai-

le rosa clavel con fruncidos rosa oscuro antes de que Louise pudiera siquiera alcanzar el pomo de la puerta. Por qué se molestaban en llamar era un misterio para ella...

—Hora de prepararse para la cena —anunció la señorita Judía Verde con las manos juntas. Por una vez, Louise había perdido el apetito. Solo podía pensar en encontrar a Stella y volver al siglo XXI antes de que fuera demasiado tarde.

Con una torpe reverencia, la señorita Robusta tendió a Louise una pequeña tarjeta doblada de color marfil que se sacó de los pliegues de su gigantesco pecho.

Queridísima Gabrielle,
Te ruego que nos veamos en los estanques cuando anochezca. Tenemos mucho de que hablar.

No estaba firmado, pero la nota solo podía venir de una persona. Al parecer, Stella la había encontrado a ella primero. Louise sonrió y dejó la nota en una mesita esquinera cercana. Era exactamente el mensaje que estaba deseando recibir.

CAPÍTULO 32

Aquella noche la cena se servía en un magnífico comedor formal en un ala completamente nueva del palacio, con una larga mesa colocada en el centro de la enorme sala profusamente decorada. Louise no veía la hora de que anocheciese para reunirse con Stella. Su conversación con Marla y Glenda había sido increíblemente frustrante. ¿Por qué no podían hablarle sin rodeos en lugar de jugar con su destino como con las piezas de un puzle?

Era tal su ansiedad que apenas picoteó la gelatinosa comida que un ejército de camareros uniformados le puso delante. Debía de haber por lo menos mil personas trabajando en Versalles día y noche. La cena se componía literalmente de trocitos de carne y verdura suspendidos en un molde de gelatina ambarina con forma de campana. Ni a su madre le habría salido una comida tan poco apetecible, pensó Louise mientras toqueteaba la masa temblorosa con la cuchara. Después de los deliciosos pastelitos que había probado hasta ahora, le sorprendía un poco una cena tan basta.

Se había sentado al lado de la princesa de Lamballe, la única persona a la que reconocía en la sala, la cual charlaba amablemente con los invitados a su alrededor mientras degustaba con delicadeza la misteriosa carne. María Antonieta tenía jaqueca, refería la princesa, y cenaba sopa en su estancia privada. La ausencia de Adelaide era evidente en la larga mesa y cada vez que un nuevo invitado entraba en el vestíbulo, Louise volvía enseguida la cabeza con nerviosa anticipación. Pero la mujer cuya verdadera identidad Louise conocía nunca llegaba. «¿Dónde se habrá metido?»

Pronto recogieron la mesa, ya empezaba la discordante música del clavecín y los adustos camareros uniformados sacaban las indefectibles fuentes de dulces.

No pasó mucho tiempo antes de que Louise perdiese el interés en todo el exceso, los dulces y la moda. Bueno, seguramente en la moda no; ese aspecto le seguía pareciendo impresionante. Pero ahora casi no podía pensar en otra cosa que no fuera buscar a Stella dondequiera que estuviese. Louise estaba preparada para volver a casa.

—Disculpad, ¿me concedéis este baile? —preguntó un hombre bigotudo con una casaca ricamente guarnecida, dando un golpecito a la princesa de Lamballe en el hombro.

—*Oui* —contestó ella ruborizada, aceptando su brazo extendido y dejándose guiar hasta la pista de baile, ya hasta los topes de gente.

Louise aprovechó rápidamente la oportunidad para escabullirse de la fiesta —al parecer, se daban fiestas todas las noches en Versalles—, y salió a la terraza. Era de noche y los estanques proyectaban la hermosa sombra de la luna sobre el palacio.

Entonces se dio cuenta de que no estaba sola. Para su sorpresa, una mano enguantada en negro la agarró del brazo con un fuerte apretón.

—Sígueme — susurró una voz detrás de ella.

Sobresaltada, Louise se volvió para descubrir un pálido rostro femenino en la penumbra, velado por una capa con capucha de terciopelo oscuro. Antes de poder mirarla detenidamente, la chica se volvió y enfiló veloz por el oscuro sendero.

—Mmm, Stella, esto es un poco escalofriante. ¿No podemos hablar simplemente aquí, que hay más luz?

La figura encapotada hizo señas a Louise de seguirla.

—Como quieras —suspiró Louise, tratando de que no la dominasen los nervios mientras seguía vacilante a su guía en la oscuridad.

Al fin llegaron al centro de un claro y la chica se detuvo bruscamente retirándose la capucha. ¡Pero no era Stella!

—Quería que supieras que he tenido que enviar a Adelaide a una misión oficial en Viena. Creo que me estaba espiando —expuso María Antonieta con calma, apoyando la oscura capucha de terciopelo sobre sus hombros.

—¡¿Qué has hecho qué?! —preguntó Louise totalmente conmocionada al comprender que su único vínculo con la vida real acababa de ser expulsado de Versalles—. Pero… pero ¿por qué?

—Actuaba de un modo muy extraño últimamente. ¡Como

una completa extraña! Preguntándome con mucho detalle acerca de cada prenda que compraba. Creo que le enviaba informes a mi madre. Los detalles que mi madre describe en sus cartas prueban que tiene a alguien cercano a mí que aguza bien las orejas. Nunca he confiado en Adelaide y necesito saber que puedo confiar en todas las personas de mi círculo más íntimo. ¿Puedo confiar en ti, Gabrielle? Eres mi amiga más querida ahora… ¿verdad?

La pregunta planeó en el frío aire nocturno, casi como una amenaza.

—Claro —balbució Louise. Su mente iba a cien por hora. ¡Stella debía de saber dónde estaba su vestido azul y ahora se había marchado!—. Pero necesito encontrar a Adelaide. Estoy casi segura de que todo esto es un tremendo error.

—Es inútil —dijo María Antonieta encogiéndose de hombros con indiferencia—. A estas horas estará llegando a la frontera.

—Lo siento, por favor, discúlpame, tengo… tengo que irme ahora.

Louise regresó a palacio corriendo por el ancho césped. ¡Tenía que encontrar a Stella y no sabía ni por dónde empezar! ¿Y si las dos se habían quedado atrapadas en el pasado para siempre? Se paró dando un patinazo y preguntó a uno de los guardias incondicionales de la entrada si había visto a Madame Adelaide marcharse en un carruaje. No dijo nada y se limitó a mirarla de hito en hito sin alterarse lo más mínimo.

Louise siguió corriendo e irrumpió en la tercera puerta a la izquierda, donde estaba el dormitorio de Stella, o más bien de Adelaide. Dos camareras retiraban las sábanas en silencio.

—¿Está aquí Adelaide? —preguntó jadeante.

—No, mademoiselle, ha tenido que viajar a Austria de improviso. Por un asunto diplomático de Estado.

Había llegado tarde.

—¿Cuándo se ha ido? —preguntó Louise desesperada.

—Antes de la cena. Pero os ha dejado esta nota.

La sirvienta le tendió una carta lacrada que habían dejado en la mesita auxiliar, a nombre de la duquesa de Polignac, con elegante caligrafía. Louise la rasgó inmediatamente con dedos trémulos.

«Louise», empezaba la nota con una caligrafía descuidada, juvenil, muy distinta de la letra perfecta del sobre color crema. Lo cual indicaba que la habían escrito a toda prisa. Un oscuro pegote de tinta manchaba la esquina inferior.

Te veré en el otro lado. Ten cuidado, ¡estamos todos bajo sospecha! La delfina no confía en nadie. La revolución debe empezar. Es hora de atrasar los relojes antes de que sea demasiado tarde.

Pero ¿cómo iba a volver al otro lado sin su vestido? ¿Por qué Stella no le había dejado el vestido azul en vez de una nota críptica? Louise se llevó las manos a la cabeza mientras se sentaba a los pies de la gigantesca cama. ¿Y a qué se refería con lo de atrasar los relojes? ¡Los relojes no tenían nada que ver con nada! Sus ojos recorrieron el cuarto y dieron con un reloj de oro dentro de un fanal colocado en la repisa de la chimenea, al otro lado del dormitorio. ¿O se trataba de una especie de clave? Corrió hasta la chimenea y cogió con cuidado el reloj, deseando encontrar otra nota debajo. Nada. Louise se deslizó despacio hasta el suelo sobre su enorme miriñaque rosa, sintiéndose completamente derrotada.

Entonces vio el tenue brillo azul turquesa que asomaba por la chimenea. Apartó desesperadamente la pantalla y vio su vestido perdido enrollado en una pelota de encaje y satén. ¡Habría sido capaz de besarlo! ¡Stella lo había recuperado para ella! Una chica *fashion* cuidando de otra.

Ya con el mágico vestido azul en la mano, Louise dudó de pronto qué hacer. ¿Había conseguido lo más mínimo en este viaje? Seguramente no había sido capaz de abrirle los ojos a María Antonieta sobre la dura realidad de su pueblo. Pero sabía que cuanto más alargara su estancia, mayor riesgo correría. Quizá Stella estuviese en lo cierto y la revolución fuese inevitable y necesaria, y los franceses necesitasen un cambio.

Louise oyó el ladrido de un perro saltando por el pasillo de mármol grande y tenebroso. Un instante después, *Macaroon* empujó la puerta de la estancia con su cabeza blanca peluda y corrió hacia ella, saltando encima del vestido que Louise sostenía en las manos y mordisqueando la tela de seda.

—Abajo —rio, intentando apartar el vestido del cachorro pequeño, pero de fuertes mandíbulas. *Macaroon* tiraba cada vez más fuerte y Louise se vio en plena guerra de tirones con un chucho en miniatura mimado—. Suéltalo —susurró Louise entre dientes, tan amablemente como pudo. El perro le gruñó.

—¡*Macaroon!* —interpeló una conocida voz aguda desde el pasillo—. ¿Dónde está mi preciosidad?

El perrito blanco y peludo aguzó el oído, se detuvo y miró hacia la puerta, brindando a Louise la oportunidad que necesitaba para arrancarle de la boca el vestido azul. Ahora sí que estaba lista para marcharse.

—¡*Macaroon!*

La voz de la princesa sonaba cada vez más cerca y el perro se puso a ladrar de la excitación y corrió al otro lado de la estancia. Louise se desembarazó del conjunto que llevaba rasgando con las prisas la delicada tela color rosa clavel y se enfundó el voluminoso miriñaque azul sin un segundo que perder. Acababa de subirse el corpiño entallado cuando el pomo dorado giró y María Antonieta entró en el dormitorio, aún vestida con su capa oscura de terciopelo que llegaba hasta el suelo.

—Hola, pequeña…

Louise miró de hito en hito los ojos azules y sorprendidos de la delfina antes de notar que el suelo entarimado se abría bajo sus pies y que la succionaban hacia abajo al instante, cayendo más y más entre una pila de enaguas.

Un aluvión de imágenes destellaron ante Louise durante su caída, como una película de animación fotograma a fotograma en 3D. Una María Antonieta sudorosa y débil en su lecho recibía en brazos a un recién nacido que berreaba en un dormitorio

atestado por una multitud claustrofóbica; una turba furiosa de mujeres desfilando enfrente de Versalles con cuchillas de carnicero; una María Antonieta de más edad aterrorizada y huyendo de su dormitorio por una entrada secreta; la afligida reina de Francia, demacrada y exhausta, con un sencillo vestido saco, sentada sola en un colchoncillo dentro de una celda carcelaria; el hermoso rostro de la princesa de Lamballe flotando en el espacio separado de su cuerpo; una María Antonieta apenas reconocible con aspecto de vieja frágil, vestida con un fino camisón blanco, tropezando mientras es conducida por unos peldaños de madera a su muerte certera. Por último, Louise vio el magnífico palacio de Versalles en llamas; los ventanales rotos escupiendo fuego, la fachada de mármol desmoronándose en un montón de polvo y piedra candente.

Louise pensó que iba a morirse de un ataque al corazón antes de despertar siquiera. Cuando la afilada guillotina silbó a su alrededor, la chica sintió como si se cortara el aire. Antes de poder emitir un grito, abrió los ojos.

«No existe nada nuevo,
excepto lo que ha sido olvidado.»

MARÍA ANTONIETA,
reina de Francia
(1774-1792)

CAPÍTULO 33

Louise despertó con latidos violentos, echada boca abajo sobre un trozo de crinolina. Soltó un pequeño estornudo al notar el cosquilleo de la tela áspera en la nariz y oyó el leve murmullo de voces familiares. «¿Qué le había pasado? ¿Cuánto tiempo había permanecido allí tendida?»

Notó un martilleo en la cabeza mientras se apartaba un mechón húmedo de la mejilla izquierda. ¿Había estado llorando en sueños? Estaba tumbada en una *chaise-longue* baja victoriana, con las caderas embutidas en un incómodo armazón de aros. Miró hacia abajo y descubrió que flotaba en el antiguo vestido azul celeste, un tanto desteñido y gastado, y se le vino a la mente una avalancha de recuerdos de lo que acababa de vivir.

—Mmm... ¿hola? —llamó vacilante. Su voz sonó débil pero normal. Sin duda alguna hablaba en inglés y no en francés, y estaba casi segura de que volvía a ser la de antes.

—¡¿Dónde se ha metido el otro zapato?! —oyó como respuesta—. ¡Tiene que estar por aquí, encima de la chimenea! ¡Le quedarán de fábula!

Louise se enderezó con paso tembloroso e intentó orientarse. Por lo visto, estaba de nuevo en la casita de madera, rodeada una vez más de percheros rodantes con vestidos *vintage*, abrigos de pieles y torres inclinadas de sombrereros a rayas.

—¡Estoy aquí! —gritó. ¿Se habían olvidado de que existía o qué? Las dos vendedoras aparecieron en cuanto este pensamiento cruzó su mente.

—¡Nuestra chica *fashion* se ha despertado por fin! —exclamó Glenda guiñándole un ojo. Traía un par de zapatos de tacón de Ferragamo color rojo rubí para que se los probara—. Hemos pensado que te quedarán de maravilla. Pero, claro, no con ese vestido azul. —Glenda hizo una mueca de desaprobación mientras miraba el vestido francés de alta costura del siglo XVIII de Louise—. Eso sería dar un traspié en el mundo de la moda.

—¿Por qué no vuelves a ponerte esto de momento? —ofreció Marla a Louise, tendiéndole su conocida rebeca azul marino y su vestido con motivos florales rosas y blancos de la firma Betsey Johnson, cubierto de manchas de hierba a raíz de su caída previa en el césped delantero de la casa. No había miriñaques ni corsés opresores, y en ese momento Louise comprendió que había vuelto sin duda a donde pertenecía, al siglo XXI.

—¿Qué me ha pasado? —preguntó, haciendo un gesto de incredulidad con la cabeza al recordar la loca aventura que acababa de experimentar. Louise sonrió apretando fuerte contra el pecho su jersey favorito de Anthropologie como si fuera un osito de peluche, aliviadísima y feliz de haber vuelto a su vida real.

—Parece que te diste un porrazo en la bicicleta de camino a la tienda. Un batacazo «a la antigua» en la cabeza.

—Te sentirás como nueva enseguida —declaró Marla para tranquilizarla.

—Intoxicación alimentaria, conmociones cerebrales… —bromeó Brooke mientras se dejaba caer en el sofá victoriano sobre unas faldas acolchadas de satén azul. Louise casi había olvidado que su amiga también estaba en la tienda—. Creo que este hábito *vintage* tuyo se está volviendo un poco peligroso —dijo entre risitas.

—¡Bobadas! —exclamó Glenda a la defensiva.

—Lo siento. —Louise cogió a Brooke de la mano—. Tendría que haberte dicho que venía a la tienda de ropa. Siempre vamos de compras juntas y yo he roto nuestro pacto.

Louise miró al suelo, convencida de que se iba a echar a llorar de un momento a otro. No se había dado cuenta de lo mucho que aquello la entristecía hasta expresarlo en voz alta.

—No pasa nada —replicó Brooke—. Y además, me parece que empiezo a aprender un poco sobre el estilo *vintage* también. —Abrazó a su amiga para tranquilizarla y le enseñó un anillo gigante color ámbar que centelleaba en su dedo—. ¿Qué te parece? ¿Es excesivo?

Louise recordó el peinado *pouf* gigantesco y empolvado de María Antonieta y tuvo que tumbarse de nuevo en el suelo. Supuso que a estos sofás victorianos los llamaban «sofás de desfallecimiento» por alguna razón.

—No, es perfecto. Nunca había visto nada igual antes —contestó, sufriendo un caso grave de *déjà vu*. Tenía una extraña picazón en la cabeza y soltó un grito ahogado al quitarse una pequeña horquilla enjoyada del moño ensortijado y despeinado. Decididamente, ese diamante rutilante en miniatura no era suyo. Era algo propio de Gabrielle.

—Te has perdido a una chica impresionante que acaba de estar aquí. Las dos tenéis mucho en común —continuó Brooke, quitándose despreocupadamente el deslumbrante anillo y tirándolo al sofá—. Está casi tan obsesionada con la ropa *vintage* como tú. Seguro que seríais buenas amigas —constató con un punto de tristeza.

—Sí, estoy segura de que tú y Stella tenéis muchas cosas de qué hablar —dijo Marla, lanzando una mirada penetrante a Louise mientras recogía algunas prendas desperdigadas aquí y allá del rugoso suelo entarimado de madera noble. Louise creyó entrever el vestido de satén marrón claro y de manga larga de Adelaide entre la enorme pelota de ropa que Marla llevaba en sus brazos.

«Un momento, ¡¿Stella había estado allí y se la había perdido?!»

Observó a su amiga escribiendo felizmente un mensaje en su teléfono móvil y comprendió que Brooke estaba totalmente satisfecha con su vida real. No la invadía la sensación interior de que le faltaba algo, como le sucedía a Louise. Esa pertenencia a otra vida, a otra época, a otra historia. Siempre serían distintas en ese aspecto.

—¿Cómo puedo ponerme en contacto con ella? ¿Tienen su dirección de correo electrónico? ¿O su apellido? ¿Está en Facebook?

Louise necesitaba volver a ver a Stella. Era la única persona que sabía por lo que estaba pasando. Quería más respuestas.

—¿Qué diablos es Facebook? —preguntó Glenda con una mirada perpleja—. ¿Y acaso tenemos nosotras pinta de usar una dirección de correo electrónico? —dijo mirando a Marla, que estaba agotada y había cejado en su empeño de doblar la ropa y la apretujaba a la fuerza detrás de un tiesto con una planta de bambú.

—Creo que deberíamos irnos también —exclamó Louise, una vez que se hubo puesto su vestido de tirantes con motivos florales, su rebeca azul marino y sus queridas Converse rosa, todo mucho más cómodo y familiar para ella. Por lo visto, Louise tendría que investigar por su cuenta la verdadera identidad de su compañera de aventuras. Por fortuna, sus aptitudes de rastreo por Internet eran bastante impresionantes. Ya vería el modo de encontrar a Stella.

—Déjame que te lo empaquete —se ofreció Glenda, asiendo el delicado vestido azul pálido de los brazos de Louise y envolviéndolo con pericia en un hatillo que prendió con una rama de bambú arrancada de la planta en el rincón—. *Hobo chic*, «vagabundo *chic*» —anunció con alegría—: ¡Nuestro nuevo look!

—¿Quieres decir que puedo quedármelo? —preguntó Louise, casi con miedo de tocarlo—. ¿No es extremadamente valioso?

—Sabemos que lo cuidarás maravillosamente bien. No podría tener un hogar o un armario mejor —dijo Glenda con una sonrisa orgullosa.

—Gracias —contestó Louise, sintiéndose increíblemente

afortunada de volver a su antigua vida y con una antigualla tan extraordinaria que añadir a su colección *vintage*.

—¿Una chuchería antes de irte?

Marla sirvió una fuente de galletitas caseras, en apariencia salidas de la nada (o quizá de un sombrerero abierto), para su degustación.

—Creo que ya he tenido suficientes dulces por un tiempo —dijo Louise, recordando el exceso como para revolver el estómago de Versalles, mientras Brooke escogía alegremente una galletita deforme con chispas de chocolate de la bandeja—. Parece que todo el azúcar que he consumido últimamente me ha provocado fuertes dolores de cabeza.

Louise habría jurado que las dos damas se rieron entre dientes.

—Bueno, ¡esperamos que hayas disfrutado de la visita! Por favor, vuelve a visitarnos pronto; como sabes siempre estamos descubriendo nuevo inventario y accesorios. ¡Y saluda a tu querida madre de nuestra parte!

—No se preocupen, volveré. Quiero decir, volveremos.

Louise sonrió a Brooke. Ya no notaba el pesado martilleo en la cabeza, de tan inmensamente feliz y satisfecha como estaba de estar de vuelta en Fairview con su mejor amiga. Las dos chicas salieron dando brincos por los escalones de la casita al aire puro de la tarde primaveral. Louise se montó en su escacharrada bicicleta —que aún funcionaba, por suerte—, que encontró tirada en el césped junto a la reluciente bici de diez marchas de Brooke, y ambas emprendieron el camino a casa con la cola de su vestido azul ondeando al viento a sus espaldas.

CAPÍTULO 34

Resultó que Louise sí que había tenido una conmoción cerebral muy leve. La señora Lambert echó un vistazo al chichón rojo en la sien izquierda de su hija y llamó inmediatamente al doctor Jacobs para que le hiciera otra visita a domicilio. El pediatra llegó y, a juzgar por su polo turquesa y sus pantalones escoceses de madrás, lo habían sacado de su partida de golf de los sábados.

El doctor ordenó a Louise que pasara el resto de la tarde en cama. Después del día que había tenido, no sería ella quien discutiera esa decisión. Además, eso le daba tiempo para investigar sobre lo que acababa de vivir en primera persona. Abrió su ordenador portátil y lo colocó debajo del edredón de retazos multicolores de su abuela para que su madre no la pillara si entraba en el cuarto cuando se suponía que tenía que estar durmiendo.

Louise debía enterarse de todo lo posible acerca de María Antonieta y la Revolución francesa.

A LOS CATORCE AÑOS, MARÍA ANTONIETA FUE TRASLA-
DADA EN UN CARRUAJE DE LA REALEZA DESDE SU CASA
NATAL EN AUSTRIA HASTA FRANCIA PARA CONTRAER
NUPCIAS CON LUIS AUGUSTO XVI, TAL Y COMO ESTABA
CONVENIDO. EN CUANTO EL COCHE DE CABALLOS LLEGÓ
A LA MITAD DE SU VIAJE —UN PUENTE SOBRE EL RÍO RIN
CONSIDERADO TERRITORIO NEUTRAL—, LA BAJARON Y
GUIARON A UNA SERIE DE PEQUEÑAS HABITACIONES LU-
JOSAMENTE DECORADAS DONDE LA DESPOJARON DE TO-
DAS SUS ROPAS Y ACCESORIOS AUSTRIACOS, Y LE QUITA-
RON INCLUSO A *MOPS*, SU PERRITO DE LA INFANCIA. A
CONTINUACIÓN LE DIERON UN NUEVO VESTIDO FRANCÉS
Y MEDIAS Y JOYAS, DADO QUE EN ADELANTE TENÍA QUE
JURAR LEALTAD A SU NUEVO PAÍS Y CUALESQUIERA OTROS
ARTEFACTOS QUE POSEYERA SERÍAN CONSIDERADOS
COMO UNA TRAICIÓN.

A Louise se le erizó el vello de los brazos. Esta escena le recordó el horripilante sueño que había tenido antes de su viaje
en el tiempo, cuando el grupo de mujeres apareció con un bonito vestido azul y destruyó sus viejas ropas en el bosque. Era
como si hubiera vivido en carne propia el espeluznante e in-
cierto viaje de su infancia en Austria a su vida futura en Francia. Siguió leyendo.

EL 16 DE MAYO DE 1770, MARÍA ANTONIETA Y LUIS XVI
CONTRAJERON MATRIMONIO DURANTE UNA FASTUOSA

Ceremonia en la capilla de Versalles, y ella fue nombrada oficialmente delfina de Francia. Solo cuatro años después del matrimonio, Luis XV murió inesperadamente de viruela, por lo que Luis XVI fue coronado rey de Francia y, en consecuencia, María Antonieta se convirtió en la reina de Francia y Navarra a sus jóvenes diecinueve años. Al principio de su reinado los franceses se sintieron cautivados por su belleza, su elegancia, estilo y juventud, pero, al cabo, la opinión pública cambió radicalmente. Pronto su estilo de vida extravagante y su consumo desenfrenado fueron objeto de burla y se rumoreaba que era una espía austriaca y una traidora.

María Antonieta también tuvo que enfrentarse a su despótica y cruel madre, quien a menudo le escribía largas e hirientes cartas desde Austria, gracias a la información secreta que recibía de un diplomático austriaco, el conde de Mercy-Argenteau, que no le quitaba ojo a la reina. Se cree que estas tensiones por parte de su madre y del pueblo francés, así como la falta de ayuda y conexión con su esposo Luis XVI, llevaron a María Antonieta a despilfarrar más dinero en sus verdaderas pasiones: la ropa, los peinados, el calzado, el maquillaje, las compras compulsivas y el ocio.

Esto explicaría las cartas mordaces de su madre que Louise había visto y que entristecían tanto a María Antonieta. ¡Todo apuntaba a que sí que la espiaban, aunque no había sido Adelaide! Pero ¿qué le había sucedido a Adelaide?

La princesa Marie Adelaide de Francia era la hija favorita del rey Luis XV. Tenía una inteligencia fuera de lo común, dotes musicales y era una amazona consumada. No obstante, también era extremadamente orgullosa y, al parecer, no quiso casarse con nadie que fuera inferior a su clase social. Como resultado, nunca llegó a casarse, como tampoco sus tres hermanas más jóvenes, a las que se sentía muy unida. El 6 de octubre de 1789, la princesa Adelaide y su familia tuvieron que huir forzosamente después del asalto a Versalles. Vivió el resto de sus días en el exilio y murió de causa natural a los 67 años, sobreviviendo a sus padres y hermanas.

Louise no pudo evitar sonreír. No había conocido tanto a Stella, pero parecía que esta mujer se le asemejaba mucho en cuanto a su talante enérgico. Luego cambió el chip, pues sabía que tenía que seguir leyendo lo que ya sabía, por muy duro que fuera. Tecleó «María Antonieta, Revolución francesa, guillotina».

La familia real fue arrestada luego de un intento fallido de huir de París, y María Antonieta fue encarcelada y juzgada por crímenes contra el Estado. Su culpabilidad estaba asegurada y el juicio fue una pura formalidad. No tuvo oportunidad de demostrar su inocencia. El 16 de octubre de 1793, casi irreconocible, la reina fue paseada por las calles de París, con la cabeza rapada y vestida con un sencillo vestido blanco angelical. A sus 37 años la llevaron a la guillotina y la mataron frente a una turba furiosa.

Louise sabía que la revolución era necesaria y que el pueblo no podía seguir viviendo bajo aquellas horribles condiciones de pobreza, pero no podía quitarse de la cabeza la imagen de una adolescente risueña que se probaba vestidos y jugaba con su perrito.

Ojalá las cosas hubieran sido diferentes, pensó, pero era imposible. Luego buscó información sobre Gabrielle de Polignac, para ver si su compañera de confianza había corrido la misma suerte. Después de la aventura que acaba de vivir, toda esta información le tocaba muy de cerca.

La bella Yolande Martine Gabrielle de Polastron, duquesa de Polignac, formaba parte del círculo más íntimo de la reina y era la compañera más cercana a María Antonieta. Vivió en unos

APOSENTOS DEL PALACIO DE VERSALLES DURANTE CA-
TORCE AÑOS. MUY A SU PESAR, LA DUQUESA DE PO-
LIGNAC RECIBIÓ LA ORDEN DE ABANDONAR A MARÍA
ANTONIETA POR SU PROPIA SEGURIDAD Y HUYÓ CON SU
FAMILIA A SUIZA TRAS LA TOMA DE LA BASTILLA EL 14
DE JULIO DE 1789. GABRIELLE NUNCA SUPERÓ ESTA SE-
PARACIÓN Y CAYÓ EN UNA PROFUNDA DEPRESIÓN, EN-
FERMANDO DE PENA POR EL DESTINO DE SU MEJOR AMI-
GA. TRAS CONOCER LAS DEVASTADORAS NUEVAS SOBRE
LA MUERTE DE MARÍA ANTONIETA, SU YA FRÁGIL SA-
LUD EMPEORÓ Y MURIÓ POCO DESPUÉS, EL 9 DE DICIEM-
BRE DE 1793. SEGÚN SE INFORMÓ, MURIÓ CON EL CORA-
ZÓN PARTIDO.

Louise reprimió un sollozo. Los libros de historia de séptimo estaban escritos en unos términos tan objetivos… pero
ahora empezaba a ser capaz de reconocer la parte humana de
las cosas. ¿Cómo podría haber asumido ella esa clase de responsabilidad a los catorce años?

Le hubiera gustado pensar que ella habría sido más comprensiva y empática que María Antonieta, pero ¿cómo saberlo realmente, cuando te han apartado de tu familia y de todo
tu mundo a una edad tan temprana? Y luego, obligándote a
casarte con un desconocido al que nunca has visto antes, al
mismo tiempo que siempre hay alguien ahí con un nuevo vestido o un bizcocho recién horneado para distraerte de lo que
pasa en la vida real, fuera de las puertas doradas de palacio.

Louise empezaba a aceptar que quizá no había podido controlar lo que había acontecido hacía cientos de años, pero sí que podía intentar enmendar su reciente comportamiento en este siglo.

Abrió el cajón de su mesita de noche, resuelta a pedir perdón a sus padres por haberse enfadado con ellos cuando le dijeron que no podían costear el viaje del colegio porque su padre había perdido el empleo. Su tarjeta con el monograma estaba plegada debajo del bloc de dibujos que guardaba en la mesita de noche y sus ojos se abrieron como platos al ver el último boceto que había dibujado la otra mañana. El vestido azul turquesa con el que había soñado aparecía trazado con sencillos lápices de colores en la parte superior de la página y era casi idéntico al que se había probado en la tienda y colgaba ahora en su vestidor. El mismo que la había transportado a Versalles.

Louise sacó de debajo del bloc la invitación a la segunda tienda de ropa *vintage*, que sin duda Glenda había colado astutamente en el hatillo con el vestido azul cuando ella no miraba. Louise desplegó el pesado trozo de papel amarillo.

Había una hoja doblada más pequeña de pergamino color limón claro metida dentro del grueso sobre estampado con su lacre icónico rojo burdeos, que volvió a leer con renovada emoción.

Queridísima Louise:

Lo que tú y tus compañeras fashion compartís es muy especial. Hemos escogido a cada una de vosotras porque sois sensibles a la moda, a la historia y, más importante si cabe, a la inseparable conexión entre ambas. Tienes a tus amigos, tienes a tu familia y muy pronto tendrás a tus compañeras fashion. Esperamos que sigas aprendiendo del pasado, aproveches el presente y te vistas cada día como si tuvieses una cita con el destino. Puesto que, queridas, como deberíais saber mejor que nadie, nunca sabes lo que te deparará el día...

Besitos,
Marla y Glenda

Louise sonrió al comprender que ya formaba parte oficialmente de un grupo especial de chicas *fashion* con ideas afines. En cierto modo eso era exactamente lo que siempre había deseado y no podía esperar más para conocer a las demás chicas que compartían con ella esta fabulosa aventura. Se apresuró a cerrar el cajón y bajó las escaleras para disculparse con sus padres.

El baúl de la ropa vintage

SOLO EL PRÓXIMO SÁBADO

Liquidación de prendas de ensueño,
Magníficos accesorios
y asesoramiento de imagen gratuito

303 GATES LANE

De mediodía a media tarde

ESTA INVITACIÓN ES ESTRICTAMENTE
PERSONAL E INTRANSFERIBLE

CAPÍTULO 35

El siguiente sábado por la noche Louise hizo su aparición en la fiesta del decimotercer cumpleaños de Brooke con los aires de una actriz o aristócrata acostumbrada a hacer una entrada grandiosa y teatral. Sintió que sus experiencias pasadas empezaban a hacer mella en su persona. Después de haber asistido a una cena de diez platos en el *Titanic* y a una gala formal en el palacio de Versalles, ciertamente una noche festiva en casa de los Patterson no parecía demasiado intimidatoria. Sí que estaba un poco nerviosa ante la expectativa de ver de nuevo a Todd, pero era una emoción positiva.

Esa misma tarde Louise y Brooke habían decorado el sótano con serpentinas plateadas y estrellas colgantes de cartulina envueltas en papel de aluminio. Los padres de Brooke habían alquilado una bola de disco plateada que giraba en el techo y cuyos espejos proyectaban en círculo un millón de pequeños reflejos brillantes por todo el cuarto tenuemente iluminado. Habían elaborado una lista de canciones, principalmente música de baile divertida, pero con algunas canciones lentas que Brooke había incluido en su iPhone, que sonaba de fondo.

Louise había decidido no ponerse el magnífico vestido azul, pues la idea de volver a enfundar su espalda de nadadora en el ceñidísimo vestido le resultaba infinitamente menos atractiva. No quería desmayarse en la ponchera, y Brooke había dejado muy claro que por fiesta temática elegante no entendía fiesta de disfraces del siglo XVIII. Entre las dos escogieron un vestido de gasa sin tirantes color lavanda claro con escote corazón, menos radical pero igual de bonito, y Louise se recogió a medias el pelo alisado con la plancha en un moño, lo que le quitaba el aspecto encrespado, al menos de momento, siempre que nadie le sudara encima. Se había echado colonia Chanel N.º 5 de su madre, y el perfume francés de sofisticadas esencias florales era su único pequeño recordatorio secreto de la aventura que acababa de vivir.

Todd estaba con un grupo de chicos junto a la mesa de *ping-pong*, con una corbata a rayas azul y blanca anudada flojamente alrededor de su polo azul, y unos bombachos color caqui que dejaban entrever sus calzoncillos a cuadros. La versión *skater* del traje elegante. Estaba hablando con su mejor amigo, Matt Waters, pero saludó a Louise de lejos y le sonrió, en apariencia verdaderamente contento de verla. Parecía que intentaba decirle algo desde el otro lado de la habitación, cuando alguien puso a los Strokes por los altavoces marca Bose.

«¿Qué?», articuló Louise moviendo los labios. Estaba a punto de acercarse a ellos cuando Brooke la detuvo, agarrándole el

brazo por detrás. Brooke tenía un aspecto magnífico, ataviada con un vestido de cóctel de lentejuelas doradas de la marca BCBG y unos zapatos de tiras doradas a juego, aunque sin excederse. Llevaba la rubia melena recogida en una cola de caballo alta. Gracias a su bronceador MAC, brillaba literalmente.

—Quiero presentarte a mi primo —exclamó, cogiéndole la mano—. Louise, te presento a Peter. Su familia acaba de mudarse de Boston. —Louise miró al chico y tuvo una extraña sensación. Algo en este chico de pelo castaño y ondulado y pómulos marcados le resultaba sorprendentemente familiar—. Creo que vosotros dos os llevaríais bien —dijo Brooke, señalando el terno gris marengo del chico y sacando con guasa un antiguo reloj del bolsillo de su chaleco—. Pero ¿siguen haciendo esto todavía? —preguntó sacudiendo la cabeza.

—No creo —respondió, escondiendo rápidamente el reloj deslustrado—. No es más que un detalle que he encontrado en mis viajes.

—Hola —balbució Louise, perdiendo en el acto la nueva confianza que tenía en sí misma. Con el dedo índice, se ensortijó nerviosamente un mechón de su pelo planchado—. Ese reloj es precioso, me encantan las antigüedades.

—Créeme, ya se lo he dicho —intervino Brooke—. Vosotros dos tendréis muchas cosas de qué hablar. Cosas antiguas. Peter se va a matricular en octavo en Fairview. Estoy segura de que tendréis muchísimo tiempo para hablar.

—Sí, empiezo las clases el lunes, así que mola conocer a un poco de gente antes —dijo mirando fijamente a Louise con sus ojos color café con motas verdes—. Es duro llegar a un sitio nuevo y tener que apañártelas tú solo.

—Ven, quiero presentarte a más gente —ordenó Brooke.

—A la mejor gente del mundo, estoy seguro, conociendo a mi prima.

Peter rodeó con sorna a Brooke con el brazo y sonrió abiertamente a Louise por encima del hombro, mostrándole un hoyuelo en la mejilla izquierda.

—Espero verte allí —dijo Louise, con las piernas algo temblorosas mientras se alejaban. Peter tenía exactamente la misma preciosa sonrisa con el hoyuelo que tenía Pierre, el jardinero francés del siglo XVIII por el que había bebido los vientos. «¿Está pasando esto de verdad?»

—¿Verme dónde? —preguntó Todd. Louise se dio la vuelta perpleja y vio que el chico estaba detrás de ella con la sonrisa de bobo en la cara y dos vasos de plástico rojo marca Dixie en las manos.

—En ningún sitio —se ruborizó Louise, incómoda.

—Pues me parece muy mal —dijo bromeando—. ¿Limonada? —Todd le ofreció uno de los vasos.

—Claro, gracias —aceptó, dando un buen trago. Para su alegría, comprobó que Tiff no estaba a la vista.

—Hey, tenía ganas de hablar contigo. Creo que se me ha ocurrido la manera de que vengas a París. Puedo llevar una maleta enorme, hacerle agujeros para que respires…

Louise soltó una carcajada.

—No te preocupes, estoy segura de que iré en algún momento. Además, me apetece bastante quedarme un poco en casa. Es como si hubiera estado fuera un tiempo.

—Pues… podríamos salir a comer crepes una noche. Es un poco lo mismo, ¿no? —Todd le dio una palmada juguetona en el brazo antes de volver a la mesa a jugar otra partida de *ping-pong*.

—Gracias por el ofrecimiento… —dijo Louise quedamente, preguntándose si era este el modo balbuciente que Todd tenía de pedirle una cita. Una vez sola con el vaso de limonada en la mano, los ojos de Louise buscaron a Peter en la atestada sala, pero debía de haberse marchado ya. Supuso que tendría que esperar hasta el lunes para ver exactamente cuánto tenían realmente en común. Intuía con nerviosismo que sería mucho.

CAPÍTULO 36

Louise no podía dormir. Su cita potencial con Todd para cenar crepes se veía eclipsada por la extraña sensación de *déjà vu* que había experimentado al conocer a Peter, el primo de Brooke. Tampoco podía deshacerse de las horribles imágenes de María Antonieta y la familia real que había visto en Internet.

Saltó de la cama y se coló en su ropero sin querer despertar a sus padres, pues su madre tenía un sueño sumamente ligero. Sus manos buscaban la conexión más rápida y fácil con la zona más reconfortante de su infancia cuando sacó del rincón el abollado baúl-armario de su madre, con la etiqueta de la bandera del Reino Unido todavía pegada a la izquierda, armando bastante ruido mientras lo arrastraba por el suelo de madera noble. Louise contuvo la respiración, pero la casa seguía sumida en el más absoluto silencio cuando abrió sigilosamente la pesada tapa. Sacó su Barbie preferida, envuelta discretamente en papel de seda blanco y vestida con un traje de baile con adornos rosa pálido y un peinado rubio estilo *punk rock*, cortesía de Louise, a quien se le había ido un poco la mano con las tijeras de podar de su madre. A la pobre Barbie *punk rock* le faltaba un zapato de plástico rosa. Louise metió la mano hasta el fondo del baúl para buscar el zapato de tacón alto extraviado y en su lugar notó que rozaba algo frío y metálico debajo del fino papel quebradizo.

Louise sacó con cuidado una larga y deslustrada cadena de oro y respiró sobresaltada al descubrir que el amuleto que colgaba de los pesados eslabones era una foto de un caniche negro en un marco ovalado. ¡Era el mismo amuleto que llevaban Marla y Glenda! ¿Qué hacía este collar escondido en la vieja maleta de su madre?

Empezó a sacar las Barbies Malibú, los Ken, el papel de seda, las raquetas de tenis de Barbie, hasta tenerlo todo apilado delante. La parte superior del baúl estaba forrada con papel de estraza que parecía desagarrado por las esquinas. Sin duda alguna su madre la mataría, pero Louise rasgó el forro, absolutamente convencida de que encontraría algo en el revés, aunque no estaba segura de qué. Suspiró al descubrir desilusionada que solo se trataba del interior de una simple maleta, pero entonces su dedo rozó una pequeña fotografía en blanco y negro de su madre, pegada en el revés del papel marrón.

Una señora Lambert adolescente aparecía vestida con un traje largo y blanco anticuado que caía en volantes de encaje y ribetes festoneados, y con un parasol en la mano. Sonreía a la cámara y alrededor del cuello lucía sin lugar a dudas el collar del caniche ahora en poder de Louise. ¡Pero su madre nunca se habría puesto un vestido así! No podía soportar que Louise llevase ninguna prenda *vintage*. Louise miró la imagen entrecerran-

do los ojos. En la desvaída fotografía se veía de fondo una especie de carruaje de caballos acercándose por la calle. ¿No existían ya los coches de motor mucho antes de que su madre fuese adulta?

—Louise, ¿qué haces despierta a estas horas? ¿Qué ha sido ese ruido? —La voz preocupada de su madre la sorprendió al otro lado de la puerta de su dormitorio.

Le vino a la cabeza la pregunta que Stella le había hecho en Versalles: «Pero ¿no lo tenéis en tu familia también?».

Entonces se le hizo un nudo en el estómago. Había un motivo por el que había sido elegida al fin y al cabo. Stella llevaba razón. Lo llevaba en la sangre. Probablemente la decisión se había tomado mucho antes de su primera compra en una tienda de segunda mano. Louise estaba destinada a ser una chica *fashion*. Y estaba a punto de descubrir exactamente qué significaba eso.

AGRADECIMIENTOS

Gracias a Cindy Eagan y a su fabuloso y brillante equipo de Poppy, en especial a Alison Impey, Pam Gruber, Lisa Moraleda, Mara Lander y Christine Ma por ejercer toda su magia entre bastidores. Gracias eternas a mi agente, Elisabeth Weed, y a la encantadora Stephanie Sun, de Weed Literary. Vaya mi infinita gratitud a mis padres, por no haberse perdido una sola competición de natación ni una firma de libros: lo significan todo para mí. Gracias a Olatz Shnabel por proporcionarme el espacio inspirador jamás soñado por un escritor, y a Gill Connon por compartir tan generosamente conmigo su pasión por la moda *vintage* y su pericia técnica. Gracias enormes a Adele Josovitz por haber sido mi primera lectora y publicista oficiosa en los colegios regionales. Gracias a Topaz Adizes por su apoyo, su ánimo y su camión de libros mágicos. Gracias a Lucinda Blumenfeld por su incansable trabajo creativo en este libro, y a Justin Troust de Second Sight por crear un sitio web fascinante, www.timetravelingfashionista.com, donde todas las chicas *fashion* pueden conectarse. Vaya mi especial agradecimiento a David Swanson, gran amigo y excepcional editor. *Merci beau-*

coup a mi abuela por haber sido la mejor ayudante de investigación del mundo. ¡Francia nunca habría sido tan divertida y deliciosa sin ti!

Y, sobre todo, gracias a todas las chicas *fashion*, cuyos sugerentes y alentadores correos electrónicos y cartas me animaron a seguir escribiendo aun cuando lo que me apetecía era ir de compras *vintage*. ¡Este libro no existiría sin vosotras! xoxo

¿NO ESTÁS PREPARADO PARA DESPEGARTE TODAVÍA DE LAS AVENTURAS DE LOUISE LAMBERT?

Sigue leyendo para obtener información
sobre la reina más infame de la historia de Francia,
María Antonieta, y la Revolución francesa.

CRONOLOGÍA

María Antonieta
es nombrada
oficialmente reina
de Francia. El rey
Luis XVI le regala
el Pequeño Trianón,
un palacio en los
jardines de Versalles.

Nace **María Antonieta** con
el nombre de Maria
Antonia Josepha Joanna en
el palacio Hofburg de
Viena, Austria.

NOVIEMBRE DE
1755

1774

1770

**María Antonieta
contrae matrimonio
con Luis XVI de
Francia** a los catorce
años.

Nace su hijo **Luis José**. (Fallece en 1789.)

1781

Nace su hija **Sofía Beatriz**. (Fallece en 1787.)

1786

María Antonieta y Luis XVI son encarcelados por los revolucionarios.

AGOSTO DE 1792

María Antonieta es decapitada.

16 DE OCTUBRE DE 1793

1785

Nace **Luis Carlos**, el hijo de María Antonieta y Luis XVI.

14 DE JULIO DE 1789

La **Revolución francesa** empieza oficialmente con la toma de la Bastilla, importante fortaleza parisina.

21 DE ENERO DE 1793

El rey Luis XVI es decapitado.

1778

Nace **María Teresa,** la hija de la pareja real.

La escritora y su abuela en la entrada del Palacio de Versalles.

¡Consulta los siguientes recursos para saber más
sobre el siglo XVIII en Francia y vivirlo en tu propia piel!

LIBROS:

Queen of Fashion: What Marie Antoinette Wore to the Revolution, de Caroline Weber.

María Antonieta. La última reina, de Antonia Fraser.

Shopping for Vintage: The Definitive Guide to Fashion, de Funmi Odulate.

PELÍCULAS:

María Antonieta, dirigida por Sophia Coppola (Sony Pictures Home Entertainment, 2007), DVD.

Marie Antoinette, dirigida por David Grubin (PBS, 2006), DVD.

Marie Antoinette: The Scapegoat Queen (Arts Magic, 2006), DVD.

SITIOS WEB:

«Marie Antoinette and the French Revolution: Timeline», PBS http://www.pbs.org/marieantoinette/timeline/index.html.

The Costumer's Guide to Movie Costumes,

http://www.costumersguide.com.

Versailles and More, http://blog.catherinedelors.com.

Victoria and Albert Museum, http://www.vam.ac.uk.

Palacio de Versalles, http://es.chateauversailles.fr/homepage.

¿QUÉ PENSARÍAS SI UN VESTIDO BONITO TE SUMERGIERA EN UN VIAJE AL PASADO?

El baúl de viaje. A bordo del Titanic

UNA FASHIONISTA VIAJERA EN EL TIEMPO

rocaeditorial ®

BIANCA TURETSKY

Cuando Louise Lambert recibe una misteriosa invitación para asistir a una venta de ropa *vintage* en una tienda de segunda mano, descubre que los vestidos bonitos pueden transportarte a una época totalmente lejana…

En su primer viaje en el tiempo, Louise se convierte en una estrella de cine a bordo de un lujoso crucero. Nuestra protagonista vive a lo grande hasta que descubre el nombre del barco: el *Titanic*.